UN BESO
EN LA OSCURIDAD

JO WATSON

UN BESO
EN LA
OSCURIDAD

Traducción de Roser Granell y Cristina Rubiols

mr ediciones martínez roca

Obra editada en colaboración con Editorial Planeta – España

Título original: *The Trouble with Kissing Connor*

© 2021, Jo Watson
© Traducción: Roser Granell y Cristina Rubiols (Prisma Media Proyectos, S. L.)

© 2023, Editorial Planeta S.A. – Barcelona, España

Derechos reservados

© 2023, Editorial Planeta Mexicana, S.A. de C.V.
Bajo el sello editorial MARTÍNEZ ROCA M.R.
Avenida Presidente Masarik núm. 111,
Piso 2, Polanco V Sección, Miguel Hidalgo
C.P. 11560, Ciudad de México
www.planetadelibros.com.mx

Primera edición impresa en España: febrero de 2023
ISBN: 978-84-270-5089-1

Primera edición en formato epub en México: mayo de 2023
ISBN: 978-607-39-0007-2

Primera edición impresa en México: mayo de 2023
ISBN: 978-607-07-9995-2

Impreso en los talleres de Litográfica Ingramex, S.A. de C.V.
Centeno núm. 162-1, colonia Granjas Esmeralda, Ciudad de México
Impreso en México – *Printed in Mexico*

Prólogo

Esta fiesta es una locura.

Sé que es su cumpleaños, pero Brett tiró la casa por la ventana. Hay una bola de discoteca grande y ridícula arrojando puntos de luz por todas partes, como si estuviera lanzando diamantina por las paredes y el suelo. Unas luces rosas y azules parpadeantes iluminan cada esquina de la sala, que está repleta de gente haciendo cosas que solo debería permitirse hacer en rincones oscuros y sórdidos.

En un rincón, un chico le está metiendo mano a Emmy. Creo que es la única forma de describir el movimiento torpe de su mano bajo su camiseta, ya que le está manoseando los pechos como si estuviera ordeñando a una vaca. En fin, al menos parece que ella está disfrutando.

Otro rincón lo ocupan las típicas chicas con un exagerado delineado de ojos negro en sus rostros pálidos. Hablan entre ellas y fuman, y como nunca he tenido una conversación con ninguna, no tengo ni idea de cuál podría ser el tema de debate. Aparto los ojos rápidamente cuando una levanta la mirada hacia mí, como si supiera que estoy pensando en ellas. Con el rabillo del ojo, la veo darle una calada lenta a lo que podría, o no, ser un cigarro, con sus piercings del labio brillando bajo la luz de discoteca.

Echo un vistazo a la siguiente esquina, donde está Brian, que por lo visto logró meter una botella de vodka en la fiesta. Se ríe como una hiena mientras le vierte el líquido en la boca a Chase. Vaya, parece que alguien va a acabar abrazado a la taza del inodoro.

Por último, dirijo la mirada hacia la última esquina, y allí está ella. Mi hermana. Rodeada de todos sus preciosos clones. Todas tienen el iPhone en la mano, qué raro. Juntan las caras y paran sus labios seductores cuando se toman la enésima *selfie* para luego snapearla, instagramearla, tiktokearla y hashtaguearla a más no poder. O lo que sea que hagan con ella. Mi hermana saca un brillo de labios con diamantina y se graba aplicándoselo...

¡Increíble! ¿Cómo es posible que seamos hermanas gemelas? ¿Cómo es posible siquiera que seamos familia?

Aparto los ojos de mi hermana, me fijo en la pista de baile y... ahí está él.

De pie entre la gente que baila y riéndose de algo. Tiene la mejor sonrisa. Le resalta los hoyuelos de las mejillas. La camiseta negra se le pega al cuerpo como si fuera una segunda piel y, cuando mete las manos en los bolsillos, se le baja un poco el pantalón y... Dios. Por un segundo, pude verle un poquito del vientre. ¡Levanta la vista, Sadie! No le mires abajo.

Sé que me lo estoy comiendo con los ojos como si fuera idiota. Si alguien pudiera leerme la mente ahora mismo, se reiría de mí y me diría que soy la última mujer del planeta con la que saldría Connor Matthews. Y tendría razón. A Connor le gustan las chicas como mi hermana, no como yo.

Pero claro, eso no me impide estar completa, loca y desquiciadamente enamorada de Connor Matthews. Llevo enamorada de él diez años, desde que se mudó a la casa de al lado.

Y esa es mi triste historia. La patética historia de Sadie Glover, la chica que se hunde en silencio en la dolorosa agonía de experimentar a diario un amor no correspondido. El amor no correspondido..., debe de ser la tortura más cruel. Siempre está ahí. Acechándote en el fondo de tu mente, ocupando tanto espacio y haciéndote malgastar tanta energía que, a veces, te hace desear que pudieran operarte para extirpártelo.

De repente vuelvo a estar nerviosa. Aunque lo conozco muy bien (quizá sea la persona que mejor lo conoce del mundo), sigo poniéndome histérica cuando lo tengo cerca. Por instinto, me llevo el dedo a la boca y, cuando estoy a punto de morder la cutícula, me viene un flash de la cara inyectadísima de bótox de mi madre.

«¡Detente! Una señorita nunca se muerde las uñas. Mejor muerde esto».

Típico de mi madre y de su necesidad constante de ser útil, pero obedezco y meto la mano en el bolsillo para sacar el paquete de chicles sin abrir que me dio. Desgarro la envoltura y me introduzco una tira en la boca. El sabor intenso a menta y canela me inunda el paladar. Nunca me han gustado los chicles, y menos de este sabor. Estoy a punto de buscar un bote de basura cuando...

—¿A quién le gustaría jugar a pasar la carta? —dice Brian borrachísimo.

Agita una baraja de cartas en la mano, y yo pongo los ojos en blanco. ¡Qué típico! Los juegos de besar suelen empezar a estas horas, y suele ser una locura. Pero no pienso pasar una carta con la boca. Y menos después de ver quién empieza a reunirse para jugar. Mi hermana y sus amigas, Emmy, que ya logró liberar sus pechos de ese pulpo torpe... e incluso Connor se acerca para jugar. Le choca los cinco a Brian y el estómago me da un vuelco cuando lo oigo decir:

—¡Vamos!

Dios, no hay nada peor que quedarse pasmada mientras ves al chico que te gusta besarse con chicas aleatorias. Lo cual, por desgracia, ya he visto antes. Por ejemplo, hace tres semanas, en la fiesta de Emmy, cuando empezaron los juegos de besar. Además, todo el mundo sabe que nadie intenta que la carta se le quede pegada a los labios, ¿verdad? Tan solo es una excusa para besarte con cualquiera, no importa quién. Aún me estoy recuperando del calvario que sufrí hace tres semanas y no quiero añadir más imágenes mentales de Connor besándose con otra chica mucho más guapa de lo que yo podré ser jamás.

—¡Sadie! ¡Ven! —me grita Brett. Se tambalea un poco. O bien se fumó lo que podría, o no, ser un cigarro, o bien tuvo un pequeño encuentro con Brian y el vodka.

Niego con la cabeza.

—¡Ni de broma!

Ni siquiera sé por qué me pidió que me apunte. Sabe perfectamente cuál será mi respuesta. La misma de siempre.

—¡Eres una aguafiestas, Sadie Glover! —vocifera Connor.

Pongo los ojos en blanco de nuevo. Aunque jugase, él no querría besarme ni por casualidad. ¿Qué le importa entonces?

Mi hermana y sus amigas ya se arremolinan en torno a Connor como abejas a la miel. Seguro que dejan caer la carta a propósito para besarlo. Con una punzada de dolor en el corazón, me doy cuenta de que Connor parece tan emocionado como ellas por jugar. ¡Argh! No pienso quedarme a ver esta escena. Me doy la vuelta y empiezo a caminar hacia la puerta cuando, de repente...

¡Paf! Todo se queda a oscuras.

Las luces se apagan con un sonoro y aterrador chasquido. Un grito ahogado resuena por la sala y oigo cómo la gente busca sus celulares a tientas. Alguien choca conmigo, y yo me tambaleo un poco hacia atrás. Como está oscuro, no veo quién es, y entonces...

Entonces decido hacerlo. Aunque no sé muy bien qué he decidido hacer. No tengo un plan, pero pienso hacerlo de todas formas.

Me echo a correr, apartando a la gente de mi camino. Veo unos cuantos celulares que se encienden en las manos de sus dueños. Debo darme prisa. Me muevo cada vez más rápido y... ¡pam! Me doy de bruces con él.

Reconocería su aroma en cualquier lugar. Es embriagador y quiero impregnarme de él. Solo quiero estar cerca de él. Exhala de forma brusca, seguramente por el susto de chocar con alguien. Pero no se aparta. Ni yo. Nuestros rostros están a escasos centímetros, noto su aliento cálido sobre mis labios y, luego, cómo se inclina hacia mí. La electricidad que fluye entre nosotros mientras nos acercamos es palpable. Me despierta todos los sentidos, hace que se me ericen los cabellos de la nuca y que me hormigueen los labios. En ese momento, ambos nos inclinamos de nuevo hacia delante y...

Nos estamos besando.

Mi cerebro tarda un segundo en darse cuenta de lo que está pasando y cuando lo hace...

¡Madre mía! ¡Estoy besando a Connor!

Justo entonces, paro de besarlo tan rápido como empecé y desaparezco en la oscuridad antes de que vea que soy yo.

1
Sadie

Actué justo a tiempo, porque, en cuanto abandoné la habitación, la luz regresó y la música volvió a sonar a todo volumen. Oí gritos de alegría colectiva mientras salía a la calle y me echaba a correr sin mirar atrás.

Brett, Connor y yo vivíamos en la misma privada y, aunque mi casa solo estaba a unas cuantas manzanas de allí, llegué en tiempo récord. Como siempre, ni me molesté en acercarme a la puerta delantera. Trepé por la celosía y entré por la ventana de mi habitación, en el segundo piso. El corazón me latía con fuerza en el pecho, la sangre cargada de adrenalina corría acelerada por las venas y los labios aún me hormigueaban por el beso. Dios, EL BESO.

Por primera vez desde el beso, o eso me pareció a mí, solté el aire al lanzarme sobre la cama.

Me pasé la lengua por los labios. Aún notaba su sabor. Un ligero rastro de pasta de dientes, papas picantes y, evidentemente, mi chicle de menta y canela...

En ese momento caí en la cuenta. Carajo, ¿dónde está el chicle?

Mi cerebro tardó un poco en analizar las gravísimas consecuencias de aquello. Connor tenía el chicle. En su boca. Debió de abrirse camino a través de la mía hasta llegar a la suya. Me dio asco. Una cosa es compartir un beso, pero eso de compartir un chicle... ¡Argh!

Aun así, no se me borró la sonrisa de la cara. TREMENDO BESO.

Los primeros besos suelen ser torpes, ya que recorres a tropiezos y con poca destreza una boca con la que no estás familiarizada. Pero aquel no había sido así para nada. De hecho, había sido perfecto. Decir que aquel beso fue electrizante sería quedarse corta. Y afirmar que me paró el corazón, me derritió por dentro e hizo que las rodillas se me volvieran de mantequilla tampoco sería suficiente.

Todavía podía sentir la cálida presión que ejercían sus manos sobre mi espalda, acercándome a él. Si antes ya pensaba que estaba enamorada de Connor, ahora había alcanzado un nivel completamente nuevo. Si no hubiera tenido tanto miedo de que me descubriera, se lo habría soltado allí mismo, en aquel preciso momento.

Te quiero. Te quiero. Te quiiiiiiiiiieeeeeeeeerooooooo.

Hace ya tiempo que esas palabras me asfixian al tenerlas pegadas al fondo de la garganta. A veces me daba miedo no poder decir nada más hasta que las hubiera liberado pronunciándolas en voz alta. Otras veces, cuando lo miraba, evitaba con todas mis fuerzas que no se me escaparan...

Aunque en una ocasión había estado a punto de soltárselas.

Fue hace un año, durante las vacaciones de verano. Había ido con Connor y su familia a la costa. Fueron las mejores vacaciones de mi vida. Aprendimos a surfear, nos escapábamos por la noche para ir a discotecas y bailar como idiotas, exploramos la costa durante horas y horas y participamos en un torneo de minigolf. Me dio una paliza brutal, claro está. Pero, por dentro, yo me estaba muriendo. Sí, amor no correspondido.

La última noche que pasamos allí nos acostamos en la playa y estuvimos mirando el cielo. Una estrella fugaz cruzó la negrura del firmamento.

—Pide un deseo —me dijo.

¿Que pidiera un deseo? Connor no tenía ni idea de las implicaciones que eso traía. Pero lo pedí, claro, y evidentemente era el mismo deseo que ya había pedido un millón de veces. Hasta había arrojado una moneda a un pozo de los deseos (a pesar de no creer para nada en duendecitos ni en cosas de esas).

Así que cerré los ojos con fuerza, concentré toda mi atención en ese momento, en la estrella y en las vacaciones perfectas que habíamos pasado, y en silencio grité en mi cabeza: «Por favor, que Connor también me quiera a mí».

—¿Qué pediste? —me preguntó Connor cuando al fin abrí los ojos.

Recuerdo que me puse roja, pero por suerte estaba oscuro.

—Si te lo digo, no se cumplirá —conseguí decir. Tenía las mejillas como dos jitomates y un nudo en la garganta.

Se giró hacia mí. Lo recuerdo a la perfección porque me miró con un gesto raro en la cara que no logré descifrar.

—Te diré el mío si tú me dices el tuyo —propuso, escrutándome de tal manera que, no sé muy bien cómo, me dejó sin aire y me paró el corazón.

—No puedo —susurré medio atragantada por lo secas que se me habían quedado de repente la boca y la garganta.

—Bien, pues yo te diré el mío.

Se detuvo, y por un segundo dejé que mi imaginación se desbocase. Fantaseé con que Connor me confesaba que estaba enamorado de mí, que siempre lo había estado. El corazón empezó a latirme de nuevo y no tardó en acelerarse; latía con tanta fuerza y a tal velocidad que temí que lo viera a través de la camiseta.

Entonces dijo:

—Es sobre ti.

Ya está. El momento que había estado esperando y para el que estaba más que preparada. Llevaba años esperando y soñando con ese preciso momento. Pero entonces...

—He deseado que seamos siempre amigos.

Amigos.

Aunque estuviéramos acostados, esas palabras me golpearon con la potencia de una de las tantas olas que habíamos estado surfeando y sentí que perdía el equilibrio. Un silencio agónico descendió sobre nosotros y noté como si me hubieran arrancado el corazón del pecho y lo hubieran lanzado al mar. Me lo imaginé hundiéndose hasta el fondo del océano, donde estaría condenado a permanecer para siempre frío, húmedo y solitario, sin ninguna otra compañía que la fauna subacuática y algún que otro tiburón. En ese instante, mi corazón corrió el grave peligro de ser destruido por completo.

¿Y qué es lo que hice? Lo único que podía hacer. Le sonreí, lo cual me costó hasta el más mínimo ápice de energía que pude reunir, y abrí la boca. Tuve que concentrarme al máximo para ordenarles a los músculos que hicieran lo que se suponía que debían hacer.

—Yo también. Yo también.

Odio ese recuerdo. Cada vez que pensaba en él, me daba una reacción física, como si fuera totalmente alérgica a él. Estaba intentando alejarlo de mi mente de nuevo cuando de pronto se movieron las cortinas y, antes de que pudiera incorporarme, allí estaba él, entrando por mi ventana como si fuera el dueño del lugar.

Y entonces dijo esa palabra. La peor palabra que podría existir. La palabra que me mataba y me dolía en el alma cada vez que la pronunciaba...

2
Connor

—¡Amigaaaaa! No lo vas a creer. Me pasó algo increíble —dije mientras entraba por su ventana.

Hacía esto casi todas las noches: escalaba por la celosía y me metía en la habitación de Sadie. Alguien dijo una vez que era muy como de *Dawson's Creek*. Por supuesto, yo no tenía ni la menor idea de quién era el tal Dawson ni por qué me iba a importar su vida. Pero, cuando lo busqué en Google y vi el primer episodio, lo entendí todo. Bueno, menos la parte en la que estaban enamorados el uno del otro y no lo sabían.

Me encantaba pasar el rato en la habitación de Sadie. Era grande y cómoda, y tenía las paredes llenas de mapas y fotos de Nellie Bly. Seguramente te estarás preguntando quién diablos es Nellie Bly. Yo tampoco lo sabría de no ser por Sadie. Nellie Bly fue una exploradora famosa que dio la vuelta al mundo en setenta y dos días. Sadie siempre decía que, en cuanto se graduara, tomaría la mochila y haría lo mismo.

—Uuuf... —Estaba a punto de contarle la historia cuando me fijé en su expresión. Se le había borrado la sonrisa de la cara en un instante—. ¿Tu madre te está molestando otra vez?

Negó con la cabeza.

—No, solo estoy cansada.

—¿Por eso te fuiste? Te estuve buscando.

Puso los ojos en blanco. Típico de Sadie. Era una experta en poner los ojos en blanco.

—Esa fiesta fue una gran pérdida de mi valioso tiempo. Además, no quería besarme con chicos a los que les apestaba el aliento a vodka.

—Pues a mí me gustó —respondí antes de dejarme caer sobre la cama, como siempre.

Era mucho más cómoda que la mía, y había perdido la cuenta de las veces que había dormido en ella. Algunos días, después de una larga sesión de *Fortnite*, me quedaba a dormir. Mis amigos pensaban que era raro que durmiera con una chica sin que sucediera algo, pero entre nosotros no hay nada de eso.

—Me pasó una cosa increíble —insistí—. Adivina.

Se levantó de la cama y caminó hasta el otro lado de la habitación.

—Odio las adivinanzas. Suéltalo.

Suspiré con fuerza.

—Pues, creo que me enamoré.

A medida que pronunciaba cada palabra, se me hacía imposible contener la sonrisa. Era tan grande que pensaba que se me iba a partir la cara en dos.

Sadie se dio la vuelta.

—¿Qué? —dijo con una especie de grito. Se había puesto como un jitomate. No sabía si mi mejor amiga estaba a punto de desmayarse o de ponerse a reír como una loca.

—Sí. Se fue la luz, y alguien me besó en la oscuridad. Fue... Fue... —empecé a decir mientras volvía a recordarlo. Se me aceleró el corazón y las manos me hormiguearon al pensar en cómo las había apoyado en la espalda de la chica, fuera quien fuera.

—¿Quién era? —me preguntó con voz ronca—. ¿A quién se le cayó la carta «sin querer» para besarte? —Hizo el gesto de las comillas con las manos.

—No, aún no habíamos empezado a jugar. La luz se fue y... ¡me dio el mejor beso de mi vida! —Suspiré despacio.

—Parece que alguien estaba impaciente por jugar —se burló Sadie. Su voz normal había vuelto y empezaba a ser sarcástica a tope.

—Ojalá supiera quién es —continué yo.

—¿En serio no tienes ni idea de quién fue?

—No. —Puse las manos detrás de la cabeza y me estiré a lo largo de la cama.

—Pero sospecharás de alguien, ¿no? —preguntó mientras se acercaba y se volvía a sentar—.

Debía de ser una de las chicas que se acercaron a jugar.

—Ni idea, pero me dejó su tarjeta de presentación. —Me saqué el chicle de la boca—. Este es su zapatito de cristal.

—¿Te dejó un chicle en la boca?

Asentí.

—¿QUÉ? ¡Qué asco! —Estaba claro que a Sadie la sola idea le daba náuseas—. En serio, qué porquería.

—Parece una versión moderna de la Cenicienta, ¿no crees?

Sadie volvió a poner los ojos en blanco.

—La Cenicienta es de un cuento de hadas, Connor.

—Exacto. ¿Y no es cierto que al final el chico siempre se queda con la chica y son felices y comen perdices?

—Todos son felices y comen perdices, pero es completamente engañoso y nada realista. Además, esos cuentos les crean falsas expectativas a las chicas sobre el amor y las relaciones, y por eso acaban en internet quejándose sin parar de lo patéticas que son sus vidas. —Sadie hizo una pausa después de soltar su sermón. Otro clásico de Sadie—. Pero, ahora que lo pienso, en este caso, la Cenicienta es un buen ejemplo... porque la chica del cuento no era quien el príncipe pensaba que sería.

—¿En serio? —Me incorporé, intrigado por lo que había dicho.

22

¿Quién pensaba que había sido? Lo repasé todo mentalmente, tratando de recordar quién se había acercado a jugar al juego. Después de un rato, me di cuenta de que Sadie me estaba observando de cerca.

—¿Ya sabes quién es? —preguntó al tiempo que arqueaba las cejas.

—No —respondí, mirando el chicle de nuevo—. ¡Pero tenemos que encontrarla!

—¿«Tenemos»? —repitió Sadie.

—Sí, los dos. Voy a necesitar tu ayuda.

3
Sadie

—¿Mi ayuda? ¿Por qué? ¿Para qué?

¿Se había vuelto loco? No pensaba ayudarlo a encontrarme.

—Podrías averiguar a quién le gustan estos chicles —sugirió.

—Perdiste la cabeza. ¿Cómo pretendes que haga eso?

—Poooooooorfa. Tienes que ayudarme.

Se inclinó hacia delante, me agarró de los hombros y me miró de una manera que me desarmó por completo. De una manera que hacía imposible que le dijera que no. Estaba claro que la que había perdido la cabeza era yo, porque no podía creerme lo que iba a decirle, pero...

—Bien. Bien. Te ayudaré —cedí, aunque en realidad no quería hacerlo bajo ningún concepto. Aunque, pensándolo bien, Connor solía empecinarse con algo y a los cinco minutos perdía el interés. Así que, con un poco de suerte, al día siguiente se despertaría y se habría olvidado de esa obsesión malsana.

—¿Te gustaría echar una partida en *Fortnite*? —pregunté, desesperada por cambiar de tema de una maldita vez.

—Claro —aceptó.

Connor y yo solíamos pasarnos horas jugando *Fortnite*, pero él estaba completamente distraído... y yo también. Movíamos los dedos por los mandos, pero nuestros cerebros estaban en otra parte, y sabía muy bien dónde. En la fiesta. Los dos estábamos pensando en el beso, pero solo uno de nosotros conocía toda la historia. Unos diez minutos después, se fue.

Sentí un nudo en el estómago durante toda aquella breve partida. Quería gritar, jalarme el cabello o... ¡Uf! Por primera vez en mi vida, me sentí aliviada cuando se fue. Y nunca me pasa.

Me inundó una extraña mezcla de emociones. Como si hubieran echado en una batidora todas las emociones humanas que han existido y las hubieran licuado a toda velocidad hasta que lo único que quedara fuera una sustancia viscosa, densa y grumosa de algo muy feo. Y ya ni hablemos de mis pensamientos, porque, en aquel momento, habían organizado una fiesta ensordecedora dentro de mi cabeza. Me costaba escucharlos a todos a la vez y era prácticamente imposible aferrarse a uno que tuviera un mínimo de sentido. Intenté silenciar esa escandalera buscando algo que ver en Netflix. No funcionó. Me puse a jugar un rato más para ver si me distraía. De nada sirvió. Así que me tiré en la cama, me eché el edredón por encima de la cabeza y me sumí en la oscuridad.

Pero la negrura me hizo recordar el beso. La cercanía, su mano sobre mi cuerpo, su aliento en mis labios. Suspiré con fuerza. Era una fracasada. Pero total. Ya no había esperanza para mí y mi pobre corazón roto. Y él no tenía ni idea. Seguro que ni se imaginaba que podría ser yo quien lo había besado. Su mejor amiga durante años. Su colega. Su compa. Su... ¡Argh! Intenté cerrar los ojos y pensar en otra cosa, pero una palabra gigantesca me vino a la cabeza:

LAMEBOTAS.

Dios, odiaba esa palabra. Y parecía que titilara sobre mí desde un muro enorme cubierto de grafitis cósmicos. Me observaba desde su elevada y altiva posición y se burlaba de mí por mi estupidez.

Esa noche estuve horas dando vueltas en la cama, pensando en todo aquel asunto, en concreto en la perspectiva de ayudar a Connor a encontrar a la chica misteriosa de la que supuestamente se había enamorado ahora. No pude evitar sentirme como un personaje atrapado en las páginas electrónicas de una novela juvenil ñoña sobre el paso de la pubertad a la madurez, o incluso en una película.

«La vecina marimacha se enamora de su atlético mejor amigo y lo besa en la oscuridad, pero luego se ve obligada a ayudarlo a encontrar a la misteriosa chica de sus sueños».

¿Qué diablos había hecho? La parte que se arrepentía de haberlo besado (y de todo lo que había venido después) iba ganando voz por momentos, pero no lo bastante como para ahogar el sonido de mi hermana y sus amigas llegando a casa.

Era evidente que intentaban entrar en casa a escondidas, ya que mi hermana llegaba dos horas más tarde de lo que debía. McKenzie siempre sobrepasaba los límites, pero nunca parecía meterse en problemas. Estaba convencida de que sus enormes ojos azules, su cabello rubio y esa sonrisa perfecta tenían poderes mágicos de algún tipo. Simplemente tenía que exhibirlos ante nuestros padres para conseguir todo lo que quería. Nunca he logrado averiguar cómo lo hace, pero parece estar bendecida por unas habilidades de manipulación casi sobrenaturales.

Una vez consiguió que el sabelotodo de la prepa le hiciera las tareas de mate durante un semestre entero. A cambio, ella lo saludaba y caminaba con él por los pasillos de vez en cuando. Pobrecito. Creo que sigue intentando curar su corazón roto.

Nuestra casa es grande, pero aquella noche las paredes parecían mucho más finas de lo normal y me atormentaba el ruido que hacían sus risitas y su cotorreo de colegialas. Con sus carcajadas me costaba horrores dormirme. Me las imaginé trenzándose el cabello unas a otras y pintándose las uñas mientras realizaban una minuciosa autopsia de la fiesta, diseccionando cada ínfimo detalle con sus intransigentes bisturís.

¿Quién miró a quién? ¿Quién bailó con quién? ¿Qué llevaba puesto Fulanita y con quién se estaba besando? Pero se me heló la sangre cuando oí que susurraban el nombre de Connor, seguido por más risitas.

Puñalada por la espalda y a hurgar en la herida.

De todos era bien sabido que casi todas las chicas de la escuela estaban enamoradísimas de él. Y no era ningún secreto que había salido con un buen puñado de ellas. No es que las haya contado. O bueno, sí..., tal vez un poco. ¡Bien, las conté, carajo!

Debí de quedarme dormida, o más bien de sumirme en una especie de sueño extraño cuajado de pensamientos sobre Connor durante el que no paraba de dar vueltas de un lado a otro, porque estaba agotada cuando la luz del sol entró en la habitación y me dio en toda la cara.

—Pero ¿qué...?

Me giré hacia la ventana e intenté abrir los ojos, a pesar de tenerlos como si me los hubieran pegado con KolaLoka. Con los párpados entreabiertos, apenas podía distinguir a Connor metiéndose por la ventana.

29

—¿Qué haces? —conseguí preguntar, consciente de pronto de mi aliento mañanero—. ¿Qué hora es?

—Hora de levantarse —dijo él, y me destapó con brusquedad.

—En serio, ¿qué hora es? —Intenté volver a taparme con el edredón, pero Connor lo tenía bien agarrado.

—Ya son las ocho.

De repente dos manos me tomaron de los brazos y me vi de pie, con su cara frente a la mía.

Suerte que siempre me aseguro de dormir con una camiseta ancha y unos shorts de gimnasia por si algo así pudiera pasar. Siempre estaba preparada por si Connor me tendía una trampa por la mañana. Aunque tampoco creo que cambiara mucho la situación si me plantaba delante de él con una cosa de esas de encaje de Victoria's Secret, pezoneras con borlas y tacones sexis. Seguiría siendo solo «la amiga». De hecho, no creo ni que me considere una chica de verdad. La única vez que pareció darse cuenta fue cuando empecé a usar brasier...

Me estresé muchísimo cuando me di cuenta de que tenía que comenzar a usarlo. Vaya, ya había visto cómo los chicos de clase se metían con mi hermana y sus amigas cuando ellas empezaron a llevarlos. Los chicos iban corriendo de acá para allá como idiotas enloquecidos jalándoles los tirantes de los brasieres como si fuera alguna especie de deporte olímpico, como urracas abalanzándose sobre objetos brillantes. Evité usarlos tanto tiempo como pude, pero al final reconocí la derrota y me compré el más sencillo y soso que pude encontrar con la esperanza de que nadie se diera cuenta. Por suerte, así fue. Sin embargo, pocos días después, cuando Connor vio los tirantes, se sorprendió.

Le costó formular aquella frase, pero al final dijo:

—Hey, llevas brasier. Qué locura.

¡Como si nunca hubiera sabido que tenía pechos! Era una bendición y una maldición al mismo tiempo. Y aquí estábamos otra vez, con el inconsciente de Connor, solo que en esta ocasión no se había percatado de que había sido yo la que lo había besado en la oscuridad.

—Refréscame la memoria. ¿Por qué estamos despiertos tan pronto un sábado? —Me restregué la cara y me limpié discretamente un ligero rastro de baba con el dorso de la mano.

—Nos vamos a investigar. —Se oía muy animado.

—¿Investigar qué?

—A la chica misteriosa, con la única pista que tenemos por ahora —expresó.

Aquello me despertó de golpe. Lo decía muy en serio. La noche anterior no bromeaba. Y, para rematar, volvía a incluirme en sus planes, lo cual era completa y espantosamente inapropiado. No obstante, lo más sensato era seguirle la corriente hasta que se me ocurriera qué hacer.

—¿Y qué pista es esa? —Me encogí de hombros e intenté parecer tan indiferente como pude.

—El chicle. Si conseguimos averiguar de qué marca es, quizá descubramos quién los compra en la escuela.

—¿Qué quieres, que vayamos y compremos todos los sabores que existan y los probemos uno por uno?

—¡Buena idea! —exclamó, y dio una palmada con demasiado entusiasmo para mi gusto.

—No lo dirás en serio.

—Muy en serio —contestó antes de hurgar en mi armario y lanzarme algo de ropa—. Toma. Vístete.

Carajo... ¿Qué demonios había hecho?

4
Connor

Ahí estábamos, en el supermercado, analizando los estantes. Había unos veinte sabores distintos: no sé qué invernal, no sé cuántos helado, picantes que te explotan en la boca y demás. Con sabor de larga duración, blanqueadores de dientes. Yo sabía que el chicle que buscaba era de menta con un toque de canela. Al menos eso reducía un poco las opciones.

Tomé todos los chicles de menta y canela que había, seis marcas en total, y luego Sadie y yo nos dirigimos hacia la caja. Parecía estar medio dormida todavía, y sonreí al ver que aún tenía una marca de la almohada en la mejilla izquierda.

—Espera —me paró ella—. Ya que me sacaste de la cama tan pronto, invítame a desayunar algo. —Bostezó y dejó una dona enorme y un refresco sobre la caja, además de algunos chocolates—. Son para mi botín —explicó.

La madre de Sadie les tenía prohibido comer

33

dulces desde hacía tres años, así que Sadie guardaba un botín de contrabando bajo la cama para emergencias. Lo pagué todo con gusto. Aunque Sadie era la chica más rica de la escuela, no actuaba como tal. Su padre se dedicaba a algo muy complicado que yo no entendía y ganaba un montón de dinero. La madre de Sadie y su hermana gemela, McKenzie, habían convertido el gastarse dinero en una forma de arte. Pero eso no iba con Sadie. Ella prefería ir por ahí con sus Converse viejos y su ropa pasada de moda.

Salimos de la tienda y, por instinto, caminamos hacia nuestro rincón habitual.

En una colina del parque, había un viejo roble que era nuestro lugar de reunión especial desde hacía años. No mucha gente lo sabía, pero por lo visto ese árbol llevaba siglos allí. Lo descubrimos cuando éramos pequeños y se convirtió en nuestra segunda casa. Nos pasamos días subidos a sus ramas, observando a la gente y urdiendo planes de dominación mundial, planeando las aventuras que íbamos a vivir por todo el planeta, hablando de todo y, a veces, de nada. Cuando teníamos ocho años, grabamos una calavera enorme con huesos cruzados en el tronco del árbol para espantar a los intrusos; fue durante nuestra fase pirata. Las dos ramas paralelas sobre las que nos sentábamos estaban decoradas con grabados que habíamos hecho durante los años que habíamos ido allí. Llegamos al viejo roble y trepamos a nuestros asientos habituales.

Sadie no perdió el tiempo y se puso a devorar la dona.

—¿Cuál es el plan? —preguntó entre bocado y bocado, exhalando nubes de azúcar blanco con cada palabra—. ¿Vas a mascarlos todos hasta encontrar el que es?

Asentí. Sadie tenía una mancha de azúcar en la barbilla.

—Se te quedó media dona en la barbilla.

Trató de limpiarse, pero falló en el intento.

—Ven, déjame —dije. Me acerqué y le limpié el azúcar de la barbilla.

De repente me miró de forma extraña.

—¿Qué pasa? —le pregunté.

—Nada, solo estoy cansada porque un idiota me despertó nada más amanecer. —Señaló los paquetes de chicle que llevaba en la bolsa con un dedo embadurnado de azúcar—. Vamos, empieza.

Abrí el primer paquete y me metí un chicle en la boca. El sabor me llenó el paladar de inmediato: menta fresca con canela ardiente. Nunca me había gustado este sabor hasta la noche anterior. Cerré los ojos por un instante y casi pude volver a sentir el beso. Lo masqué un par de veces más, me lo saqué de la boca y lo olí.

—¡Puaj! —se rio Sadie.

—Demasiada menta, no tiene suficiente canela. —Dejé de nuevo el chicle en su envoltura. Debía ser estratégico y eliminar cada marca una a una.

Me introduje el siguiente en la boca y, luego, otro más, hasta que, de repente... lo tenía. Saboreé aquella mezcla de sabores tan familiar.

—¡Es este!

Lo sostuve entre los dedos. El paquete era de color rojo vivo con una banda azul en el lateral. Sería fácil de distinguir. Lo agité ante Sadie.

—¡Míralo! Grábatelo a fuego en la mente y que no se te ocurra olvidarte de su aspecto, porque vas a tener que buscar a la chica que masca este chicle.

Sadie tragó saliva con dureza y me lanzó su famosa (aunque un poco maleducada) mirada sarcástica.

—Eh... ¿Cómo pretendes que haga eso?

—Tendrás que usar todos los recursos necesarios. No les quites el ojo de encima a las chicas. Regístrales los pantalones cuando estén en Educación Física. Pídeles chicle... No sé, ya se te irán ocurriendo cosas.

—Esa es la mayor estupidez que he oído. No pienso pasearme por la escuela espiándolas, registrando sus cosas y pidiéndoles chicles. ¿Ahora soy tu acosadora a sueldo personal o qué?

Me eché a reír, pero paré enseguida al verle la cara. No estaba poniendo su cara habitual de «estoy haciéndome la dura pero puedes contar conmigo para lo que sea». Parecía... realmente parecía que no sabía si quería ayudarme.

—Eres mi mejor amiga. Tienes que ayudarme. Está escrito en nuestro contrato, ¿recuerdas? —insistí.

—También escribimos en el contrato que tenemos que pedir el mismo sabor de helado por si a alguno se le cae y tenemos que compartirlo —señaló mientras ponía los ojos en blanco por si fuera poco.

Me reí por lo bajo.

—Bien, quizá el contrato de amistad que escribimos cuando teníamos siete años esté un poco desfasado.

—¡Mucho!

—Pero eso no significa que no seas la persona ideal para ayudarme.

—¿Por qué?

—Bueno, porque eres una chica. Puedes acercarte a ellas. Infiltrarte en su guarida. Si alguien tiene alguna oportunidad de averiguar quién masca este chicle, esa eres tú. Pensaba que eras más... aventurera.

Se burló.

—Yo no llamaría «aventura» a eso. Además, ¿y si hay diez personas que toman ese chicle?

—No pasa nada. Cuando hayamos acotado las posibilidades, sabré quién es.

—¿Sabrás quién es? ¿Y cómo diablos lo vas a saber sin más? —se burló.

—Lo sabré y punto. Notaré la vibra entre nosotros. No sé cómo explicarlo... pero creo que nuestro destino es estar juntos.

Sadie no dijo nada. Abrió el refresco, se lo quedó mirando un rato largo y bebió un trago antes de volver a dirigir los ojos hacia mí.

—¿Qué? —le pregunté.

—¿Puedes saber todo eso después de un simple beso de cinco segundos a oscuras?

—Ese beso no tuvo nada de simple. Hazme caso. Si hubieras estado allí, sabrías de lo que hablo.

Sadie apartó la vista y, después de un par de segundos, me volvió a mirar con una expresión impávida.

—Connor, Connor, Connor.

—Sadie, Sadie, Sadie —respondí.

Suspiró.

—Bien, ¡como quieras! Pero me deberás una. Y de las gordas.

Me incliné hacia ella y le estreché la mano.

—Haré lo que me pidas. Lo que sea.

5
Sadie

El lunes por la mañana me llegó un mensaje antes de estar siquiera consciente.

Connor
Atenta hoy a los chicles 😊

¿Un guiño? Puse los ojos en blanco, me acerqué al armario y saqué unos jeans, unos tenis y una camiseta en la que decía WELCOME TO HAWAII. Nada moderno, pero daba igual. Me gustaban las camisetas souvenir de todas las partes del mundo. Me recordaban que había otros lugares más allá de aquellas casas perfectas y sus jardines cuidados con esmero.

Mi vecindario desbordaba una especie de perfección que es tan nauseabunda como, sinceramente, preocupante. Este suburbio tiene un ambiente inquietante al estilo de la peli *The Stepford Wives* que permanece en el aire como el olor de la lavanda y el jazmín. Hasta hay un premio al mejor adoquinado y, como es evidente, ¡nuestra casa lo ha ganado tres años seguidos! Pero todos los que viven aquí creen en esa perfección con el entusiasmo propio de un cachorrito. Les encanta. Aunque yo estoy segura de que hay alguna mente controladora siniestra detrás de todo esto. Todas las mujeres sonríen con elegancia mientras cocinan y lavan la ropa (solo que aquí pagan para que otra persona lo haga y se quejan cuando algo no está bien doblado). Especialmente mi madre.

Me acerqué al espejo todavía medio dormida, me puse la camiseta y me pasé el cepillo por las greñas, dejando que el cabello cayera donde le diera la real gana, que normalmente era sobre mi cara. Cuando era más pequeña, me solía cortar la larga cabellera rubia. Era una especie de rebelión silenciosa contra mi madre con la que intentaba hundir su necesidad de vestirnos a mi hermana y a mí con modelitos idénticos y adorables trenzas idénticas. Funcionó, y conseguí mantenerlo hasta la fecha para que nadie me confundiera nunca más con McKenzie. Me fijé ahora en que un misterioso rímel había llegado como por arte de magia a mi tocador. Era evidente que me lo había comprado mi madre. Siempre insistía en que me pusiera.

«Las mujeres de la familia Glover sufren la mala suerte de tener pestañas rubias, y eso nos hace parecer fantasmas».

Ella y mi hermana se las embadurnaban tanto con ese menjurje que parecía que tuvieran patas de araña en los ojos. Pero entonces pensé en Connor. Me pregunté si el rímel me haría parecer más mujer y menos «chico». Tomé esa cosa, desenrosqué la tapa y me apliqué una capa rápidamente. Sin embargo, a los pocos segundos, los ojos me empezaron a arder y tuve que ir corriendo al baño para quitármelo. Estaba claro que el rímel no estaba hecho para mí. Bajé la escalera a toda prisa una vez que logré deshacerme de aquellos pegotes negros y mi madre me recibió con su habitual mirada de desaprobación.

—Sadie, ¿tienes que ponerte esa camiseta? ¿Y la blusa tan bonita que te compré la semana pasada?

—¿Esa rosa? ¿La que parece que vaya a bajarme diez puntos el coeficiente intelectual si me la pongo?

—Pero si es como la de tu hermana.

—Exacto —repliqué mientras entraba en la cocina.

Mi madre puso los ojos en blanco como si se hubiera rendido... hasta mañana por la mañana, claro.

Me senté en el «rincón» del desayuno, como solía llamarlo ella. En casa, las cosas tenían un nombre distinto al habitual. Una habitación era una «alcoba» y la mesa de la cocina, el «rincón».

—Además, ya no tenemos seis años, así que no esperes que nos vistamos igual —añadí.

Como si hubiera estado planeado, mi hermana bajó los peldaños de dos en dos contoneándose con unos shorts desgastados mientras escribía en el celular. Pensé: «¿Tiene ojos en la frente para ver por dónde pisa?».

Me pregunté qué opinaría mi padre de aquel atuendo, pero él estaba demasiado ocupado leyendo el periódico, escrutando sin duda la sección de negocios en busca de empresas hundidas o arruinadas que pudiera saquear, arreglar y vender por una pequeña fortuna.

Nuestra casa era la prueba del éxito de mi padre: un edificio exorbitante con seis habitaciones y más espacios de los que seríamos capaces de ocupar. Se cierne sobre el resto de los suntuosos hogares de la zona como si fuera un dedo gigantesco, gordo y recubierto de joyas creando un adorno de clase alta. ¿Yo? Esas cosas me dan igual, y puedo asegurar que no me aprovecho de las tarjetas de crédito de mi padre como hacen mi madre y mi hermana.

Mi madre dejó un plato de comida ante mí.

—¿Qué es esto? —pregunté al ver aquello.

Parecía que hubiera sido un huevo en una vida anterior, pero no tenía la textura que debía tener... ni tampoco el color. ¿Era comida siquiera?

—Tortilla de claras de huevo con col hervida —respondió ella, muy satisfecha consigo misma.

Mi madre siempre estaba haciendo la dieta de moda. Era una clarividente de las nuevas dietas, seguido las hacía antes de que nadie las conociera, o antes incluso de que las inventaran. La semana anterior comimos sin gluten, y la anterior a esa, sin lactosa. No sabía de qué íbamos a prescindir esa semana.

—Keto —añadió—. Y la col es el nuevo superalimento.

Mi padre gruñó desde detrás del periódico. Es un hombre de pocas palabras, especialmente en lo que respecta a lo que cocina mi madre. Ella lo ignoró y se puso a hablar con mi hermana sobre los beneficios de las bayas de goji y la proteína de soya mientras yo intentaba masticar aquella cosa extraña y poco apetecible, aunque sorprendentemente crujiente, que ocupaba mi boca en ese momento.

Tras el desayuno, McKenzie se abalanzó sobre las llaves del coche de mi madre.

—¡Me toca!

Cruzó la habitación de un salto, como si estuviera en un anuncio de pilas Duracell. Siempre está así de animada, tanto que resulta antinatural. ¿Ubican el sabor de los edulcorantes artificiales, que son superdulces pero tienen como un gusto amargo? Así es McKenzie.

Subimos las tres a toda prisa al coche de mi madre, una SUV exageradamente cara e innecesaria, pero no es porque seamos unos aventureros que se van los fines de semana de excursión al monte. Mi madre, aunque apenas es capaz de ver por encima del volante, usa esa bestia para llevarnos y recogernos de la escuela, además de para ir a la estética y de compras. Lo más agreste que ha hecho con ella fue cuando, una vez, no encontró estacionamiento en el centro comercial en Navidad y se subió a la banqueta de manera ilegal. Al terminar, vimos que le habían puesto un inmovilizador al coche, lo cual puso bastante histérica a mi madre.

—Con cuidado —dijo mi madre asustada cuando McKenzie se echó en reversa.

—Ya lo sé —soltó McKenzie, que al ir en reversa sacudió el vehículo con tanta fuerza que la cabeza me rebotó contra el respaldo del asiento.

—Te dije que vayas con cuidado, McKenzie.

—¡Que ya lo sé!

—Mira bien dónde das la reversa. ¡Revisa los retrovisores!

—Que sí, que sí. Me estás poniendo nerviosa, mamá. ¡Basta ya!

Dios, cuando le tocaba manejar a ella me sentía fatal. Las dos habíamos sacado la licencia de manejo unos meses atrás y habíamos estado yendo a clases, alguna con más éxito que la otra. Las supuestas habilidades multitarea de mi hermana no se aplicaban a la conducción.

—¿Adónde fuiste el sábado por la noche? —me preguntó McKenzie mientras me miraba por el espejo retrovisor.

—Deja de mirar a tu hermana mientras conduces y céntrate en la carretera.

Mi madre parecía estar al borde de un ataque de pánico.

—Lo estoy haciendo —insistió.

—Me largué. Me estaba aburriendo mucho en la fiesta.

—Connor se veía bien bueno —comentó con tono ligeramente cantado. Me estaba provocando.

La remilgada de mi madre fingió sobresaltarse.

—No hables así delante de mí.

Como si no supiera que McKenzie siempre habla así.

—No sé. —Me encogí de hombros a propósito, intentando quitarle importancia al asunto, pero todo se me revolvió por dentro y, por mucho que encogiera los hombros, aquello no iba a cambiar.

—No te entiendo. ¿Cómo pueden ser «solo» amigos? Es raro.

—No es rar...

McKenzie pisó los frenos de pronto con tanta fuerza que todas nos sacudimos con violencia. Casi se salta una señal de stop. Aunque no parecía haberse dado cuenta, porque se giró hacia mí y me miró con una cara tan seria que me asustó.

—Sadie, si eres lesbiana, puedes decírnoslo.

—¿Qué? —Mi madre también se giró a mirarme—. ¿Eres lesbiana? —Parpadeó tantas veces que no pude ni contarlas.

Mi hermana apoyó una mano reconfortante sobre su hombro.

—Mamá, estamos en el siglo veintiuno. Modernízate.

—Sí, claro... Si yo soy muy moderna. Soy... ya sabes. Orgullo y todo eso...

Fue bajando la voz y McKenzie me lanzó una sonrisita diabólica.

—No soy lesbiana, mamá. Y Connor y yo solo somos amigos.

Me estaba empezando a enojar.

—Bueno. Si lo tienes tan claro... O sea, no pasa nada si lo fueras. ¡A mí me encanta Ellen DeGeneres! —Los ojos de mi madre se cruzaron con los míos y forzó una sonrisa—. Mi peluquero es gay. El tinte se le da de maravilla, ¿sabes? Es muy creativo. Su marido y él crían shih tzu. Son unos perros monísimos, con un montón de pelo. No sé cómo los lavarán.

—¡Que no soy lesbiana! —repetí para detener las extrañas y visiblemente incómodas divagaciones de mi madre.

Luego fulminé con la mirada a McKenzie, que me contestó con un gesto socarrón bastante cruel.

—Era broma, mujer. Ya sé que no lo eres. Solo estás enamorada en secreto de Connor.

6
Connor

—¿Has besado a alguien en la oscuridad y no tienes ni idea de quién es? —Brett se me quedó mirando en silencio durante un momento y, luego, negó con la cabeza.

—Sí.

—¿Cuando se fue la luz? —preguntó.

—¡Sí!

—Maldita sea, ¿por qué nunca me pasan esas cosas a mí?

—Porque eres un idiota —le dije para picarlo, aunque no lo era para nada.

—No, no es por eso. Es porque no soy un galán como tú.

Brett siempre se metía conmigo por mi aspecto. La semana anterior me había sugerido que aprendiera a bailar y cantar y que creara una *boy band*.

—¿Qué le voy a hacer? Gané la lotería de los genes —bromeé.

—Vaya, y encima humilde... —Me dio un puñetazo en el brazo de broma, y luego se echó hacia atrás como si se hubiera hecho daño.

Brett era el chico más listo pero menos deportista que podrías encontrarte. Siempre se inventaba excusas para saltarse Educación Física. De hecho, se pasó un semestre fingiendo que estaba cojo y andando con muletas. También estaba empezando a tener pancita, cosa que no paraba de destacar como si fuera una broma. Pero sé que no es una broma. Como mis padres psicólogos suelen decir, «intenta quitarle importancia al asunto con humor». Siguiendo los estándares de la prepa, es el tipo de chico con el que alguien como yo jamás entablaría amistad en una situación escolar normal. Pero yo sí lo hice. Sadie nos presentó porque vivía cerca de nosotros. Mi otro supuesto grupo de amigos no entendía cómo podía llevarme bien con Brett y Sadie, pero tampoco me importaba lo que pensaran.

Aunque, a veces, me sentía como si caminara por dos mundos muy distintos y no tuviera muy claro a cuál pertenecía. Sadie odiaba que saliera con mi otro grupo de amigos. Siempre usaba el gesto de las comillas dramáticas cuando lo decía. Insistía en que me convertían en un completo idiota. Perdí la concentración de repente cuando oí a Chase y a Tyler acercándose. Con el rabillo del ojo, vi a Brett echándome una mirada de descontento.

—Hora de escapar. —Se giró y se fue.

No lo culpaba. Él y ellos eran como el agua y el aceite.

—Ey, ¿adónde fuiste? Te largaste de la fiesta en cuanto empezó a ponerse interesante —dijo Chase—. Creo que me besé con todas. Luego, empujé a Emmy a la piscina y, cuando salió..., ¡concurso de camisetas mojadas! —Chase le chocó los cinco a Tyler.

—Se le veía todo —asintió Tyler.

—Tiene unos pechos enormes —añadió Chase rápidamente.

Asentí, pero, en realidad, odiaba que dijeran ese tipo de cosas. Nunca les decía nada al respecto, y quizá eso me haga parecer un cobarde. Si Sadie hubiera escuchado sus comentarios, los habría mandado al diablo y, después, me habría regañado por permitírselo. Seguro que me habría dado una buena charla sobre lo asquerosos que eran y el nulo respeto que mostraban por las mujeres. Y tendría razón. A veces desearía ser tan honesto como ella.

—¿Vienes? —preguntó Tyler.

Negué con la cabeza.

—Voy a esperar a Sadie.

—Deberías esperar a McKenzie —respondió Tyler con una gran sonrisa—. No puedo creer que no te hayas besado con ella todavía.

Me lanzaron un par de puñetazos más mientras se iban. Sadie tenía razón, eran unos idiotas de manual. De hecho, empezaba a preguntarme por qué era su amigo.

Dejé la mochila en el suelo y me senté en el escalón de arriba a esperar a Sadie. Seguramente llegaría traumada, porque hoy le tocaba manejar a McKenzie. Antes solía venir con ellas en coche a clases, pero desde que McKenzie comenzó a manejar, no quería jugarme la vida cada mañana. Mis sospechas se confirmaron de inmediato cuando su coche entró derrapando en el último lugar de estacionamiento que quedaba libre, tirando al suelo una bicicleta a su paso.

Sadie se bajó del coche con los ojos más abiertos de lo normal y los labios pálidos, como si le hubieran drenado todo el color. Ella nunca finge, y eso me encanta. Nunca dice que «no le pasa nada» cuando, en realidad, quiere partirte la cara. Es una amiga de verdad, como si fuera un amigo más. Y eso es lo que más me gusta de ella.

McKenzie me saludó desde el coche.

—¡Hola, Connor!

Me dedicó una sonrisa enorme cubierta de brillo de labios y, luego, se arregló el cabello. Se suponía que Sadie y ella eran gemelas idénticas, pero no se parecían en nada. Y menos desde el día en que ayudé a Sadie a cortarse todo el cabello. Su madre nos cachó y se puso como loca. Fue graciosísimo. Empezó a recoger los mechones de cabello y sugirió convertirlos en una peluca. Pero el cabello corto le sienta mejor, y la parte de arriba se le queda de punta cuando lo tiene mojado y lo revuelve con las manos.

Sadie se acercó a mí y puso los ojos en blanco. No hacía falta que me dijera nada. A veces, nos comunicábamos por telepatía. Yo los puse en blanco también para decirle que entendía su sufrimiento estando en manos de McKenzie, y nos fuimos juntos.

—¿Estás lista? —le pregunté, apenas capaz de contener mi emoción.

—¿Para qué?

—Para averiguar de quién es el chicle.

Paró de caminar y se me quedó mirando.

—O sea, que vas en serio. De verdad quieres que vaya a espiar a las chicas hasta descubrir quién compra esa marca de chicle. No puedo creer que no sea una broma. ¿En serio quieres que haga eso?

—Sí.

Suspiró. Parecía un suspiro más profundo que su clásico suspiro cínico.

—Sadie, te lo suplico. Te necesito. Si me quedo pasmado mirándoles la boca a las chicas y esperando a que tiren el chicle, pareceré un rarito.

—Entonces, ¿quieres que sea yo quien lo haga? ¿Como si fuera una espía? —me preguntó.

—¡Eso es! Como una espía.

—¿Que lo que busca es chicle?

—Sí.

—¿Sabes lo lamentable que suena eso?

Me encogí de hombros. ¿Qué otra cosa podía hacer? Era la única pista que tenía.

—¿Por qué no envías un mensaje a todas? Un correo masivo. O pon un cartel en los avisos para pedirle a la chica que te besó que dé la cara o algo.

Negué con la cabeza. Ya había pensado en eso.

—Si ella quisiera que supiera quién era de inmediato, no se habría ido. Creo que quiere que la encuentre. Podría ser una especie de prueba.

—¿Una prueba? —repitió.

—Sí. Quizá me dejó el chicle a propósito.

—¿Qué clase de chiflada le deja el chicle en la boca a otra persona a propósito?

—¡Oye! Para de decir que mi novia es una chiflada —dije en broma.

No obstante, me detuve de inmediato cuando volvió a poner aquella cara nueva tan extraña. Ya se la había visto un par de veces últimamente y, por primera vez en mi vida, no era capaz de descifrar su significado. Por primera vez desde que éramos amigos, no sabía en qué estaba pensando.

7
Sadie

«Novia...» «El mejor beso de mi vida...» «Nuestro destino es estar juntos».

Aquellas palabras recorrieron mi mente mientras metía los libros en el casillero. Me agarré a él y bajé la cabeza cuando el nudo del estómago comenzó a tensarse. ¡Tenía que decírselo! Debía poner fin a aquella farsa ridícula antes de que acabase volviéndose en mi contra. ¿Ahora llamaba a esa chica, a mí, su novia? Esta cagada estaba a otro nivel, pero todavía estaba a tiempo de arreglarlo.

A lo mejor podía decirle que solo había sido una broma, que lo hice de forma irónica, que era un reto, que me había tomado algo que me había hecho perder la inhibición por completo y me había vuelto loca por un breve periodo de tiempo. Pero con solo pensar en abrir la boca e intentar pronunciar esas palabras, el miedo me paralizaba. El mero hecho de imaginármelo hacía que me entrara un miedo atroz, especialmente cuando recordaba aquella vez que estuvimos a punto de besarnos. Si me basaba en aquella experiencia, decirle que yo era quien lo había besado desembocaría en un estrepitoso fracaso.

Pasó hace unos años, mientras jugábamos botella una noche en una fiesta. Connor estaba allí, y una parte de mí se moría de ganas de tener la oportunidad de besarlo, pero también de no tener que ver cómo besaba a otra. Primero besé a Brett, un beso corto y rápido. Intentó meterme la lengua, pero me quité enseguida y todo el mundo se rio. Luego, una de las discípulas de mi hermana, Martha, besó a Connor. Tuve que apartar la mirada porque no soportaba verlo. Después de aquello estuvieron saliendo unos meses. En mi opinión, no fue uno de sus mejores momentos.

Entonces, volvió a girar la botella y me señaló a mí de lleno. El corazón empezó a latirme a la misma velocidad que una bomba neumática, y la piel comenzó a arderme como si estuviera en llamas. Él me sonrió. Se inclinó hacia mí y, justo cuando nuestros labios estuvieron a punto de tocarse, se apartó y pronunció unas palabras que no han dejado de perseguirme desde entonces: «No puedo. Sería como besar a mi hermana».

Fue humillante. Seguramente uno de los momentos más humillantes de mi vida, y recuerdo que deseé que nadie se hubiera percatado de la cara de decepción que puse. Así que le seguí el juego. ¿Qué otra cosa iba a hacer? «¡Qué asco!

Como besar a mi hermano», dije a toda prisa, y me puse a gesticular como si me diera asco y horror, además de fingir escalofríos. Así que... NO, no se lo podía decir. Porque, aunque el beso había estado bien, aunque había sido genial, espectacular y..., ¿qué había dicho él?, alucinante, en cuanto descubriera que había sido yo, a lo mejor hasta vomitaba.

Las clases de después fueron extrañas, como si el tiempo funcionara de una manera distinta; las horas parecían días y los minutos, horas. Deambulé aturdida por la escuela, incapaz de deshacerme de aquellos pensamientos que me rondaban por la cabeza sin parar. Di gracias por encontrarme con Brett en el pasillo. Necesitaba una distracción.

—Ey, ¿qué pasa? Hoy te veo muy depre —dijo.

—Pues igual es que soy así. A lo mejor es mi nuevo estilo.

—¿Ahora eres siniestra, oscura y depresiva?

—Puede —contesté.

—No te va.

—Gracias. Lo tendré en cuenta.

Giramos por el pasillo y nos dirigimos hacia la clase de Matemáticas, la peor asignatura de todas. Con la peor profesora. Era una especie de genio loca de los números que llevaba zapatos disparejos. Una vez hasta vino a clase con pantuflas.

—Oye, ¿te contó Connor lo que pasó? —inquirió.

¿Que si Connor me había contado lo que pasó? ¿No sería ese el mayor eufemismo del siglo? Era de lo único de lo que me hablaba Connor desde que ocurrió.

—Sí.

—¿Quién crees que fue? —preguntó.

Me encogí de hombros para fingir que aquello ni me iba ni me venía, para hacer como que la conversación me importaba un comino, como si no estuviera cargando con el peso del mundo sobre los hombros.

—Ni idea.

Intenté sonar indiferente, pero estaba convencida de que no lo había conseguido, porque de pronto caminaba como si me hubieran soldado las rodillas. Seguro que lucía ridícula.

—Sea quien sea, seguro que está buena —comentó Brett—. ¿Por qué siempre se liga a las buenotas y yo no consigo a ninguna, y menos aún a la chica de la que llevo toda la vida enamorado, que ni siquiera sabe que existo?

—Sé que existes, Brett. Lo que pasa es que no quiero salir contigo.

Sonreí. Era una broma recurrente entre nosotros. Sé que en realidad no le intereso, pero hace unos años acordamos enviarnos mutuamente tarjetas de San Valentín anónimas para que no pareciera que éramos los únicos tontos que no recibían ninguna. Desde entonces, hacemos bromas con ese tema.

Se apuñaló el corazón con gesto dramático y soltó un gemidito de dolor.

—Recuérdame por qué no quieres salir con ningún chico. ¿Es porque estás enamorada de Connor en secreto? —dijo de pronto.

—¿Qué? —Me giré de golpe—. Yo... no... no estoy enamorada de Connor en secreto. —Sacudí la cabeza con tanta fuerza que las facciones de Brett se desdibujaron ante mí.

—Lo que tú digas.

Nuestras miradas se encontraron cuando dejé de intentar separar la cabeza del cuello y de repente sentí que estaba probando a leerme la mente.

—No estoy enamorada de Connor para nada. Qué asco, sería como estar saliendo con mi hermano. —Me ardían las mejillas y confié en que no estuvieran rojas como dos jitomates.

—¿Estás segura? —Brett inclinó la cabeza hacia la izquierda. Era evidente que no me creía, pero no pensaba admitir tal cosa en voz alta—. Si lo que te preocupa es que se lo diga, te prometo que no lo voy a hacer —dijo, y siguió caminando—. No me corresponde a mí decírselo.

La sangre me hervía, no porque estuviera enojada, sino porque estaba muerta de vergüenza.

—No hay nada que decir, Brett. Es tu imaginación calenturienta, que vuelve a hacer de las suyas.

—Lo que tú digas, Sadie. Anda, vamos tarde a clase.

Brett aceleró el paso, pero yo me detuve un breve instante para aclararme las ideas.

Carajo, ¿es que todo el mundo pensaba que estaba enamorada de Connor?

8
Connor

—¿Está ocupado? —pregunté mientras me acercaba a Sadie a la hora de comer.

Aunque me sentaba con ella todos los días, siempre se lo preguntaba. Era una tontería que llevábamos haciendo desde hacía años. Sadie esbozó una sonrisa de satisfacción y yo saludé con la cabeza a Brett, que estaba sentado al otro lado de la mesa.

—Bueno, ¿qué has averiguado? —dije. El suspenso me había estado matando durante todo el día, era lo único en lo que podía pensar.

—¿Sobre qué?

Sadie le dio un bocado a algo que parecía un trozo de cartón embadurnado con una pasta verde y grumosa. En cuanto lo probó, puso cara de estar chupando limones.

—¿Bajo en calorías? —le pregunté, recordando el pastel especial sin gluten ni azúcar que su madre encargó por su undécimo cumpleaños. Acabó sirviendo de munición en una pelea de comida.

—Más bien bajo en sabor —respondió al tiempo que lo escupía y tomaba la mitad de mi sándwich.

—¿Y bien? —insistí.

—Y bien, ¿qué? —repitió ella de forma casual.

«Y bien, ¿qué?» ¿Cómo pudo olvidarlo? Era la única cosa en la que había sido capaz de pensar durante toda esa mañana. Había ido de clase en clase como si fuera un extra de *The Walking Dead*, sin apenas saber dónde estaba. Me había pasado la mañana observando a las chicas y preguntándome cuál de ellas sería. De vez en cuando, alguna me había atrapado mirándola y me había sonreído. Y cada vez que eso había sucedido, no había podido evitar preguntarme si esa sonrisa escondía algún mensaje. ¿Acaso quería hacerme entender algo?

«Fui yo. Yo te besé».

Creo que debí de pasar demasiado tiempo mirando a Martha en la primera clase, porque después me estuvo persiguiendo de camino a las dos siguientes tratando de entablar una conversación conmigo mientras yo estaba en modo zombi total. Dudaba que fuera ella. Ya salimos durante un tiempo y nunca me besó así, ni de chiste.

Me sentía como si me fuera a volver loco. Los pensamientos giraban y se agolpaban en mi cabeza a la velocidad de la luz y apenas podía concentrarme en alguna de las otras cosas que sucedían a mi alrededor. De hecho, en Biología, la señora Ndlovu me había preguntado tres veces si «estaba presente» antes de oírla por fin. Estaba demasiado entretenido mirando por la ventana e intentando recordar cada detalle del beso.

¿Llevaba algún collar que pudiera reconocer? ¿Y su cabello? ¿Me sonaba el olor de su shampoo?

¿Tenía algo de especial en la espalda que pudiera ayudarme a identificarla?

Estaba hecho un desastre, y la falta de concentración no me ayudaba nada, y menos con el inminente torneo de tenis. Ahora que estábamos entrenando para los campeonatos, los entrenamientos iban a intensificarse y el ambiente en la cancha sería mucho más hostil porque tendríamos que competir entre nosotros, en particular, contra Chase y Mandla. El torneo de este año era más importante de lo habitual porque iba a venir un cazatalentos, así que iba a competir para conseguir una beca para entrar en un equipo universitario en otro estado, con posibilidades de convertirme en profesional. Sadie lo sabía todo. Ella me había aconsejado que volviera a casa corriendo después de los entrenamientos. «Velocidad», me dijo. «La velocidad es la clave». Pensé en lo genial que sería que me dieran la beca y que Sadie se viniera conmigo, pero sabía que eso iba a ser imposible, lo cual era una gran desventaja. Es que no me imaginaba la vida sin ella.

Acerqué la silla para tocarle el hombro a Sadie y me incliné hacia ella.

—Pues... que si ya encontraste a mi futura esposa.

—¿Cómo? —Sadie se dio la vuelta de forma brusca y se me quedó mirando—. ¿Tu futura esposa? ¡No inventes! Solo eso me faltaba escuchar.

—Oye, nunca se sabe. Podría ser la historia graciosa que contemos en nuestra boda. O podrías contarla tú, ya que vas a ser mi padrino.

Me eché a reír a carcajada limpia pensando que Sadie iba a decirme que, en ese caso, en su boda tendría que vestirme de dama de honor, pero no lo hizo. De hecho, se quedó callada y adoptó una expresión pétrea y seria. Le sonreí a Brett buscando su apoyo, seguro que a él le había parecido gracioso. Pero él tampoco sonreía. Dejé de reírme.

—¿Qué les pasa a todos hoy? ¿Me perdí algo?

Sadie miró hacia abajo rápidamente y le hizo un agujero al sándwich con el cuchillo. Me pregunté en qué estaría pensando. Daba la impresión de que quisiera apuñalar a alguien.

—Oye, estás actuando muy raro —dije al fin.

—Tú eres el que está raro. —Ahora parecía molesta—. No puedo creer que estés haciendo una tormenta en un vaso de agua. Hasta me has pedido que registre las pertenencias de todo el mundo buscando un paquete de chicles y...

—Oye —la interrumpí a mitad de la frase. Necesitaba que lo comprendiera—. Tú no estabas allí, ¿sí? Créeme, si te hubieran besado de esa forma, tú también andarías buscando a esa persona.

Sadie volvió a apuñalar el sándwich, y Brett se abalanzó para tomarle la mano y detenerla.

—Relájate, anda —le dijo Brett quitándole el cuchillo—. Dame eso. No queremos que nadie salga herido.

Miré a Brett, luego a Sadie y, después, a Brett otra vez.

—Pero ¿qué les pasa hoy? ¿Me perdí algo?

—No sé, Connor. ¿Tú qué crees? —me preguntó Brett con un tono extraño.

Negué con la cabeza.

—Lo digo en serio, no sé qué me perdí. Solo quería que mi mejor amiga me ayudara con una cosa, pero viendo cómo se puso, parece que le pedí que me done un riñón.

—¡Bien, bien! ¡Lo haré! —gritó Sadie. Se giró hacia mí bruscamente—. Registraré sus maletas de deporte, las esculcaré, abriré sus casilleros, iré por ahí pidiendo chicle y las observaré mientras mastican.

—¿De verdad?

—Claro. ¿Por qué no? —Dejó escapar un suspiro.

Le rodeé los hombros con el brazo y la estreché.

—Estas cosas son por las que te quiero, amiga.

—Ya, yo también —murmuró, y luego me apartó deshaciéndose de mi abrazo.

—Por cierto, ¿me donarías un riñón? —le pregunté dándole un codazo.

—¡No! —respondió con una sonrisa.

Sabía que eso significaba que seguro que me lo donaría. Yo le donaría el mío. Le donaría cualquier cosa que necesitara.

—Yo sí —contesté—. Incluso te daría mi corazón.

Giró la cabeza para mirarme con aquella mirada extraña que cada vez acostumbraba más a poner, pero yo seguía sin comprender qué significaba.

—¿Qué? —le pregunté cuando se dio la vuelta y negó con la cabeza.

—No se entera... —creo que le oí decir a Brett mientras le devolvía el cuchillo a Sadie.

¿O había dicho «Vaya tela»? ¿O «Vaya ideas»? No lo sé.

9
Sadie

Para el miércoles, ya estaba hecha trizas. Llegué a casa de la escuela aquella tarde y me tiré en la cama. ¡Estaba agotada! Mentirle a tu mejor amigo todo el día y fingir que estás bien cuando en realidad TE ESTÁS MURIENDO POR DENTRO era muy duro.

Todo era un absoluto desastre. No, desastre se quedaba corto. Desastre es la clase de palabra que usas cuando describes tu cuarto o el fregadero. Esa no era la palabra idónea para la situación en la que me encontraba. Porque en este desastre, mi desastre, alguien iba a acabar sufriendo y estaba convencida de que no iba a ser Connor. Cuando no encontrara a la que se suponía que era la chica de sus sueños, lo más probable es que dejara atrás esa horrible experiencia levemente decepcionado. Pero ¿yo? Yo iba a necesitar un trasplante de corazón una vez que el mío se hubiera roto en un millón de pedazos.

Lancé un fuerte suspiro porque sentía algo pesado aplastándome las costillas. Me notaba nerviosa, inquieta, y estuve a punto de llevarme el dedo a la boca y empezar a mordisquearme la cutícula cuando...

—Una señorita nunca se muerde las uñas, Sadie Glover —dijo una voz aguda—. ¿Qué eres, una caníbal? ¿Sabes cuántas calorías tienen las cutículas? Espera..., ¿las cutículas se consideran carbohidratos? —Era Connor entrando por la ventana.

Quise enojarme con él, pero, en lugar de eso, me reí. No podía evitarlo; era tan lindo y sexy..., y estaba imitando a mi madre a la perfección.

—¿Leíste el artículo que te envié en el que decían que morderse las cutículas puede provocar problemas digestivos e intolerancia al gluten? —continuó hablando con la misma voz de pito, y añadió a su numerito algunos movimientos dramáticos con los brazos, iguales que los aspavientos que hacía siempre mi madre.

Me reí todavía más. Carajo, ¿por qué tenía que ser también divertido?

Connor se desplomó sobre la cama con tanta fuerza que, por un segundo, reboté y caí sobre él. Mi cuerpo estalló en llamas. Se propagó por todo mi ser un incendio repentino y desenfrenado capaz de calcinar un campo entero en cuestión de segundos y arder con tanta fiereza que convertía las piedras en vidrio.

Me incorporé lo más rápido posible y me alejé de él.

—¿Qué pasa? ¿Huelo mal? —preguntó Connor, que se acercó la camiseta a la nariz e inhaló profundamente sin inmutarse.

Se notaba que había estado haciendo ejercicio; tenía la cara enrojecida y la frente perlada de sudor. Se pasó la mano por el cabello y algunos mechones húmedos se quedaron tiesos. Dios, estaba tan lindo. A lo mejor, si no fuera tan guapo, yo no sería un manojo de nervios sin remedio. Aunque igual daba lo mismo. Al contrario que el 99.9 por ciento de las chicas de la escuela, a mí no me gustaba por su físico. Me gustaba... ¿Para qué nos vamos a engañar? Lo amaba.

—Sí, apestas —contesté y, para seguir el juego, agité la mano en el aire y lo alejé de mí.

—Perdón.

Se levantó de la cama y entonces hizo algo que casi me dio un soponcio (y probablemente era lo peor que podía haber hecho bajo aquellas circunstancias). Se quitó la camiseta, volteó a la ventana como si fuera un striper macizo (aunque tampoco sé qué aspecto tienen) y procedió a sentarse en el alféizar.

Desvié la mirada enseguida. Aunque ya lo había visto sin camiseta millones de veces, aquella ocasión era diferente, sobre todo al pensar que, hacía apenas unos días, había apretado los dedos contra aquel pecho. Me aclaré la garganta y agarré alguna cosa inútil para distraerme.

El corazón me latía desbocado, pero pronto se tranquilizó cuando me percaté de lo triste que era aquella situación: sabes que solo eres su amiga cuando él se siente tan cómodo contigo que te trata como a otro chico en el vestidor. Era consciente de que tenía que actuar con normalidad, así que me giré y establecí contacto visual con la esperanza de que mis ojos no se fueran sin querer hacia el sur, en dirección al pecho.

—Estuve pensando... —prosiguió mientras se reclinaba contra el marco de la ventana.

¿En serio? Ahora había decidido posar para la portada de una revista.

—¿Mmm? —murmuré, intentando reprimir la avalancha de hormonas causante de que me aumentara diez grados la temperatura de la sangre.

—Y creo que a lo mejor la chica de canela y menta no es de nuestra escuela.

—Perdón, ¿quién? —La lava que corría por mis venas se petrificó.

—La chica de canela y menta. —Me sonrió, satisfecho con el estúpido apodo que le había puesto, como cabía esperar.

—¿Y si es una de las amigas de Brenna, la hermana de Brett? —Lo dijo mientras se ponía en pie y estiraba los brazos por encima de la cabeza, lo que provocó que su tableta de chocolate hiciera todo tipo de movimientos surrealistas.

Intenté no mirarlo fijamente.

—Estoy un poco tenso de entrenar —explicó, y entonces movió en círculos aquellos brazos musculosos durante un rato antes de sentarse de nuevo.

—Mmm —respondí cuando la sangre ardiente volvió a fluir.

Clavé la vista en su cara sin ni siquiera parpadear. Lo miré con tanta intensidad que estoy segura de que parecía una de esas muñecas siniestras que salen en las pelis de terror.

—¿Mmm? —repitió Connor en broma—. ¿Eso es un sí?

Me encogí de hombros con aire despreocupado.

—Sí... Podría ser. O sea... Tal vez sí o tal vez no... En fin. —Terminé esa frase inútil volviéndome a encoger de hombros de manera exagerada. Traté de parecer indiferente, pero era evidente que estaba fracasando estrepitosamente.

—¿Y si sí lo es? —pregunté tras reponerme—. ¿Cómo lo vas a averiguar?

—Voy a celebrar una fiestecita el próximo sábado por la noche y le pediré a Brenna que las invite.

¡Guau! De pronto sentí como si me dieran un puñetazo en toda la cara. Sabía que se estaba tomando el tema en serio, pero ahora parecía haberse vuelto loco.

—Pues que disfrutes —solté con desdén.

—Oye, oye. —Connor se acercó a toda prisa y me tomó de los hombros—. No puedes dejarme plantado.

—¿Y salir con Brenna y la brigada de monjas un sábado por la noche? Prefiero que McKenzie me arranque las muelas del juicio.

—Pero te necesito, Sadie —suplicó Connor antes de ponerme cara de perrito apaleado.

Quise cachetearlo, besarlo, propinarle otra cachetada, besarlo de nuevo... ¡Argh!

—Te necesito —insistió.

Me zafé de él porque las llamas se estaban avivando en mi interior.

—¿Para qué? —quise saber—. ¿Para que las cachee en busca de chicles a medida que vayan llegando?

—Si es lo que hay que hacer... —Me sonrió y luego me guiñó el ojo antes de irse directo hacia la ventana y salir—. Me voy ya. Adiós, colega. Tengo una fiesta que organizar.

Me levanté y me dirigí hacia la ventana para ver cómo descendía por la celosía con el torso desnudo. Cuando llegó al suelo, alzó la mirada y sonrió de nuevo antes de correr hacia su casa, sin saber en absoluto lo perdidamente enamorada que estaba de él.

10
Connor

Me desperté el viernes por la mañana con más energía que nunca. Después de la semana que había pasado, tenía muchas ganas de que llegara el finde. El miércoles le había enviado un mensaje a Brett para avisarle de la fiesta que pensaba hacer y el plan que se me había ocurrido para que su hermana y sus amigas vinieran.

Tenía los músculos muy tensos de todo el ejercicio adicional que había hecho esa semana, así que me cayó bien darme un buen baño con agua muy caliente. Me enrollé la toalla alrededor de la cintura y volví a mi habitación. Todo estaba muy silencioso esa mañana. No oía a mis padres corriendo de un lado para otro mientras se preparaban para ir a trabajar. Ambos son psicólogos, lo cual es una pesadilla. Una auténtica pesadilla.

Nada es solo eso, «nada». Jamás. Da igual lo pequeño o insignificante que sea algo, siempre significa «algo». Diseccionan, analizan y lo clasifican todo. Leen entre líneas cada cosa que digo, cada gesto que hago y cada vez que pestañeo. Ese deseo de psicoanalizar hasta el más mínimo detalle de mi existencia me molesta muchísimo. No me sorprendería que iniciaran un debate sobre por qué prefiero un sándwich de queso antes que uno de pavo.

Aunque también es cierto que siempre me han dado mucha libertad. Creen en «la capacidad de autorregulación de los jóvenes», o eso dicen. Nunca me han tratado como a un niño y siempre me han hablado abiertamente de cosas como el sexo, las drogas y el rock and roll. En ocasiones se pasan de la raya, como aquella vez cuando tenía trece años y mi padre entró en mi habitación para decirme que, debido a la fase de desarrollo por la que estaba pasando en aquel momento, era normal que empezara a explorar mi cuerpo. En cuanto me di cuenta de lo que me estaba diciendo, lo corrí de allí y me pasé una semana entera sin mirarlo a la cara.

Es incomodísimo, pero yo no soy como ellos. Como siempre me analizan y buscan el significado profundo de las cosas, yo he decidido no hacerlo. En vez de eso, me tomo las cosas al pie de la letra y nunca trato de buscar mensajes ocultos en las situaciones o en la gente. Ni siquiera presto atención a los gestos de los demás o al tono de su voz.

Algunas de mis exnovias pensaban que era tonto o que estaba distraído cuando no entendía sus insinuaciones. Decían que no se me da bien leer entre líneas. Y tienen razón, porque no busco pistas ni mensajes secretos en todo lo que hace la gente.

Por eso me encanta Sadie: ella siempre es directa. Cuando la miro, nunca tengo que preguntarme qué es lo que piensa en realidad. Es sincera y no oculta secretos profundos ni oscuros.

Después de vestirme para ir a clase, preparé la mochila de tenis y bajé a desayunar. Sin embargo, cuando entré en la cocina, vi a mis padres sentados a la mesa en silencio, como si estuvieran esperando a que llegara.

—¿Qué ocurre? —pregunté cuando vi que ambos tenían una expresión extraña. No necesitaba habilidades de psicoanálisis para entender que había sucedido algo malo.

—Siéntate, Connor —me pidió mi padre.

—¿Es la abuela? —exclamé un poco asustado.

Mi abuela había estado enferma últimamente y toda la familia estaba preocupada por ella.

Mi padre negó con la cabeza.

—No, la abuela está bien. Es sobre tu madre y yo.

—¿Qué les pasa? —interpelé.

Mi padre colocó las manos sobre la mesa y entrelazó los dedos. ¿Estaba nervioso?

—Tu madre y yo tenemos algo que decirte. Siéntate —insistió, apretando los dedos.

—Está bien.

Con cierta indecisión, fui a sentarme en la silla y, una vez que lo hice, mi madre dirigió el rostro hacia mí. La miré, luego a mi padre, y entonces lo comprendí todo. Sonreí.

—¿Voy a ser hermano mayor? ¿Tanto misterio por eso? No es necesario, no me voy a poner histérico ni a experimentar un trauma de abandono o algo del estilo.

Mis padres cruzaron una mirada que me indicó que ni siquiera me había acercado.

—Connor. —Mi madre puso voz de terapeuta. Aquello empezaba a preocuparme de verdad—. Tu padre y yo hemos decidido divorciarnos.

—Perdón, ¿qué dijiste?

Estaba claro, debía de haberlo entendido mal.

Mi padre se inclinó hacia mí e intentó tomarme de la mano, pero yo la quité con rapidez.

—Las cosas entre tu madre y yo hace tiempo que no funcionan —explicó.

Luego miró a mi madre, que asintió como si estuviera de acuerdo. ¿Qué diablos estaba pasando?

—Tras mucho discutir y debatir, tu padre y yo hemos tomado la decisión mutua de ir cada uno por su lado —manifestó mi madre de un modo casi robótico, como si hubiera estado ensayando la frase.

Me puse a sacudir la cabeza... a lo loco. ¡Carajo, seguía sin poder creerlo!

—Perdón, ¿qué dijiste? —repetí.

Oía las palabras que salían de sus bocas, pero no les encontraba ningún sentido. Nada lo tenía en ese momento. ¿Era el día de los Santos Inocentes o qué? ¿Era eso lo que estaba pasando? ¿Se trataba de algún tipo de experimento psicológico y yo era el conejillo de Indias? En serio, ¿qué carajo estaba ocurriendo?

Mis padres se reclinaron en la silla al unísono, como si estuvieran sincronizados.

—Tómate todo el tiempo que necesites para procesarlo.

Mi madre volvió a mirar a mi padre y, una vez más, se pusieron a asentir con la cabeza. Siempre asentían con la cabeza, siempre parecían estar de acuerdo, nunca se peleaban. Así que, ¿por qué me acababan de decir que iban a divorciarse?

—Tómate todo el tiempo que necesites, Connor —repitió mi padre como si fuera un eco de mi madre. Algo en su forma de decirlo me enfureció.

—Oye, no soy uno de tus clientes y esto no es una sesión de terapia. Se supone que es un desayuno.

—Es normal que te sientas enojado, hijo. —Mi madre me miraba como si estuviera a punto de ponerse a escribir notas en su cuaderno de psicóloga.

—Permítete sentir esas emociones —añadió mi padre—. Por muy incómodas que sean.

—¿Que me permita... qué?

Por el amor de Dios, no me estaban ayudando con su palabrería de psicólogos. Para nada.

Empezaba a notar que algo hervía en mi interior. No estaba seguro de qué era, pero parecía que no podía refrenarlo. Estaba descontrolado, sentía que iba a explotar, que iba a expulsarlo y...

—¡Pero ¿qué carajos dicen?! —grité antes de darme cuenta de lo que estaba haciendo.

—Eso es. Suéltalo todo, Connor —me animó mi padre. Aquello solo me hizo enojar todavía más.

—¿Qué es eso de que se van a divorciar? Llevan veinte años casados. Son demasiado mayores para divorciarse. La gente como ustedes no se divorcia. La gente que está felizmente casada no se divorcia.

—Tu madre y yo ya no somos felices, Connor —prosiguió mi padre, aún con esa voz tan calmada e irritante. ¿Cómo podían estar tan tranquilos?

—Claro que lo son. Jamás los he visto u oído discutir. Siempre están de acuerdo en todo, nunca se enojan, siempre... siempre... —Empezaba a no saber qué decir, pues los pensamientos me iban a mil.

—Tu madre y yo nos casamos muy jóvenes. Ambos sentimos que ya no tenemos el mismo vínculo emocional y que ya hemos aprendido todo lo que podíamos aprender de esta relación.

—¿Ya no tienen un vínculo emocional? Pero ¿qué diablos quiere decir eso?

Noté que el volumen de mi voz aumentaba, pero no podía detenerlo. Esto no estaba bien. Los padres no pueden soltarte ese tipo de bombazo a la hora del desayuno. Además, si lo que decían era cierto, debería haber habido alguna pista precedente que me indicara que esto iba a pasar, ¿no? La gente no se divorcia porque sí, ¿verdad?

—A pesar de todo, eso no cambia lo que sentimos por ti.

Mi madre había formulado el cliché definitivo. Eso es lo primero que le dicen a su hijo los padres que se van a divorciar, ¿verdad? Pues para mí también fue la gota que derramó el vaso.

—Carajo, para ser psicólogos, han elegido el peor momento para decírmelo. El viernes por la mañana, antes de ir a clase. Justo antes del torneo. ¡Qué gran forma de empezar el finde!

—Nunca es un buen momento para dar una noticia como esta.

Mi madre se acercó a mí. Esperaba ver lágrimas en sus ojos, pero su semblante era inexpresivo. ¿Cómo podía estar tan calmada?

—Además —añadió mi padre—, la semana que viene comienzo en un nuevo puesto de trabajo, así que no tardaré en mudarme.

Aquella noticia me impactó casi más que la del divorcio.

—¿Te mudas? ¿Tienes un nuevo trabajo? Esperen... ¿Desde cuándo sabían todo esto? ¿Cuánto hace que decidieron divorciarse y que tú decidiste mudarte?

Mis padres se miraron de nuevo antes de girarse otra vez hacia mí al mismo tiempo. Para ser dos personas a punto de divorciarse, poseían una sincronización perfecta.

—Llevamos varios meses hablando de esto —respondió con rapidez mi madre.

—¡Varios meses! Entonces, me han estado mintiendo. Todo este tiempo. ¿Se guardaron ese secreto y decidieron no contármelo hasta justo antes de que fuera a suceder? —Notaba como el corazón me latía con fuerza en el pecho. Me sentía furioso y traicionado—. ¿Y cuál es ese nuevo trabajo, papá? —pregunté con ira—. Ni siquiera sabía que estabas buscando uno.

—Me ofrecieron un puesto de investigación en la Universidad de Pretoria —contestó con tanto realismo que apenas me lo podía creer.

—¡Pretoria! Eso está a casi una hora de aquí —observé.

—Está lo bastante cerca como para que vengas a verme cada dos fines de semana —se apresuró a añadir.

—Cada dos... ¡Increíble! —Enterré la cabeza entre las manos y la sacudí—. Ya lo tienen todo pensado, ¿no? Planificaron todos mis futuros fines de semana.

—Piensa que es una oportunidad para conocer una ciudad distinta —dijo mi madre—. Siempre has dicho que querías viajar y expandir tus horizontes culturales.

—¿Viajar?

Volví a mirar a mis padres y, en ese momento,

pensé en Sadie. De repente, me olvidé de todo lo del divorcio y solo pude pensar en lo espantoso que iba a ser no poder pasar todos los fines de semana con mi mejor amiga. Me di cuenta de que el divorcio de mis padres estaba a punto de cambiarme la vida.

11
Sadie

Suerte que me tocaba a mí manejar hasta la escuela aquella mañana, porque, si le hubiera tocado a mi hermana, me habría visto obligada a tirarme por la ventanilla de lo nerviosa que estaba. Más de lo que había estado en toda mi vida, porque...

Se lo iba a contar.

Las cosas habían ido demasiado lejos y estaban totalmente fuera de control. Necesitaba ponerle fin a aquella locura, y pronto. No había pegado ojo en toda la noche porque no había dejado de darle vueltas al asunto y me dolían los sesos. En algún momento entre las tres y las cinco de la madrugada, había decidido que iba a contárselo. Ya no tenía otra opción. Pero ¿cómo demonios se lo iba a decir? «¡Hola, Connor! ¿Sabes qué? Fui yo la que te besó. Pero era broma, ¿eh? Ja, ja. ¡Sorpresa!».

Esto iba a ser lo más duro de mi vida. ¿Y si echaba a perder nuestra amistad? ¿Y si nuestra relación se volvía rara e incómoda? Pero era un riesgo que debía asumir, porque esta situación ya estaba arruinando nuestra amistad. Cada día sentía que me alejaba más bajo el estrés y la presión de las mentiras que le contaba. Algunos días hasta me costaba mirarlo a los ojos. Haberlo besado y mantenerlo en secreto estaba destruyendo nuestra amistad, así que, según lo veía, no tenía nada que perder.

Llegamos a la escuela y me puse a esperar a Connor en el sitio de siempre, por fuera de la reja. Sabía que todavía no había llegado porque, de ser así, él estaría allí esperándome. Qué alivio. Así tenía un rato más para practicar las frases que había memorizado.

Me recordaba constantemente que debía respirar. Sentía calores, escalofríos y hormigueos por todo el cuerpo y me preocupaba que las expectativas me provocaran retortijones permanentes, pero cuando sonó el último timbre y Connor seguía sin aparecer, olvidé los nervios y empecé a preguntarme si le habría ocurrido algo malo.

Le envié unos cuantos mensajes, pero no me contestó, así que probé a llamarlo. No hubo respuesta. Eso sí que era raro. Siempre tomaba las llamadas, daba igual lo que estuviera haciendo, y siempre contestaba a mis mensajes.

A lo mejor es que había pensado en ir a la escuela corriendo y se le había hecho un poco tarde. Tendría el celular en la mochila y no lo habría oído. Sin embargo, al terminar la segunda clase y ver que Connor seguía sin aparecer, comencé a preocuparme de verdad.

—Brett. —Lo llevé aparte en el pasillo—. ¿Has visto a Connor hoy o sabes algo de él?

—No.

—Creo que ha pasado algo. No consigo contactar con él.

—¿Ya no te funciona la conexión telepática?

—¿La qué?

—Eso que tienen Connor y tú. Siempre parece que saben lo que está pensando o haciendo el otro. O al menos eso dice Connor.

Asentí. Sabía a lo que se refería. Sí es cierto que a veces parecía que tuviéramos telepatía.

—Se cortó la conexión —contesté.

—Bueno... —Hizo una pausa y se puso pensativo—. Sin duda alguna se trata de algo muy grave, pues.

Tenía razón. Algo iba muy mal.

—Decidido, me fugo. Cúbreme. Di que me sentí enferma o algo.

Brett sonrió.

—¿Y qué enfermedad falsa deseas que te conceda?

—Sorpréndeme.

Dejé a Brett con una gran sonrisa en la cara y presentí que iba a aprovechar la ocasión para montar alguna clase de drama. Le enloquecían las películas y presidía el club de cine de la escuela, así que disponía de cantidades ingentes de inspiración.

Al día siguiente seguro que todos en la escuela me preguntarían sobre mi terrible enfermedad, esa tan grave que hasta le habían puesto mi nombre: «síndrome sircomalítico agudo de Sadie». Pero me daba igual. Salí por la reja y caminé a toda velocidad hacia la casa de Connor. En el trayecto le estuve llamando y enviando mensajes y, con cada respuesta que no recibía, me preocupaba aún más. Eso no era propio de él.

Por fin llegué a su casa después de lo que me pareció una eternidad, y la señora Matthews abrió la puerta. ¿No se suponía que debería estar trabajando?

—Señora Matthews, ¿está Connor en casa? —solté sin ni siquiera molestarme en saludar.

Arrugó la cara, confundida.

—No. Debería estar en clase. Salió esta mañana, dijo que iría corriendo hasta la escuela.

—Pues allí no está y no me contesta el teléfono.

El pánico se apoderó de su rostro.

—¡Lionel! —gritó hacia el interior de la casa—. ¡Connor no está en clase!

Su padre corrió hacia la puerta.

—Hola, Sadie. ¿Estás segura?

—Segurísima.

Ambos intercambiaron miradas de preocupación.

—¿Qué pasa? —pregunté. Tenía la sensación de que sabían algo sobre Connor que yo desconocía.

—Esta mañana le dijimos que vamos a divorciarnos.

—¡¿Qué?! —grité.

No pude evitarlo. Era el matrimonio perfecto. Pero si su madre era terapeuta de parejas. Siempre había pensado que mis padres tenían bastantes posibilidades de acabar divorciados, pero el señor y la señora Matthews no.

El señor Matthews asintió.

—Estaba muy afectado. Dijo que necesitaba aclarar sus ideas.

Eso era lo único que necesitaba oír.

—Entonces no se preocupen. Sé exactamente dónde está.

Cuando llegué, Connor estaba sentado en el árbol. Me quedé de pie mirándolo unos segundos antes de llamarlo. Estaba jugueteando con una rama, arrancando las hojas y tirándolas al suelo.

—¡Ey! —exclamé.

Connor levantó la vista. Estaba pálido y parecía conmocionado. No podía culparlo. Imagínate que tus padres te sueltan una bomba así.

—Me tenías muy preocupada. Te estuve llamando.

Connor buscó dentro de su mochila y sacó su celular.

—Perdón. Está en silencio, no sé por qué. —Le costó un gran esfuerzo, pero logró sonreír—.

Carajo. ¿Diez llamadas perdidas y catorce mensajes? ¿Me estás acosando o qué?

—Ya quisieras —respondí mientras trepaba por el árbol para colocarme a su lado.

Consiguió dibujar otra sonrisa triste.

—Ya me contaron tus padres —dije con suavidad—. Lo siento.

Connor agachó la cabeza y se mordió el labio inferior. Si se echaba a llorar, iba a perder el control.

—Por Dios, tengo diecisiete años. No soy un niño, no sé por qué me siento tan, tan... —Su voz fue desvaneciéndose. Al final dejó de juguetear con la rama y me miró con los ojos vidriosos—. Todo va a cambiar ahora... y no quiero. —Se mordió el labio con tanta fuerza que dejó una pequeña marca—. Siento que me han estado mintiendo. Que me han estado ocultando un secreto durante siglos. Porque esto no pasa de la noche a la mañana.

Me acerqué a él y, sin pensar, lo rodeé con el brazo. Sinceramente, no sabía qué decir. Nunca había vivido nada parecido. Entonces, con la misma naturalidad, Connor inclinó la cabeza y la apoyó en mi hombro.

Se me aceleró el corazón y me sentí egoísta por obtener tanta satisfacción de aquello. Era un momento muy íntimo y quise permanecer así para siempre. A continuación se volvió aún más íntimo.

Alargó el brazo y me tomó de la mano. Tragué saliva con tanta fuerza que estaba convencida de que me había oído. La sostuvo con cuidado y, luego, entrelazó sus dedos con los míos como si estuviera examinándolos.

—Nunca me había dado cuenta de lo largos que tienes los dedos —comentó con voz animada.

—¿Qué pasa? ¿Ahora mis dedos son anormalmente largos?

—No. Son bonitos. Buenos para trepar árboles —bromeó antes de soltar la mano, levantar la cabeza y mirarme a la cara.

Nuestros ojos se encontraron y sentí como si..., Dios mío..., como si un meteorito se hubiera estampado contra mi estómago.

—¿Te saliste de las clases por mí? —Levantó la mano y me apartó un mechón rebelde de la cara.

Oficialmente era incapaz de pronunciar palabra. Connor me estaba mirando como nunca lo había hecho. Tenía su rostro muy cerca, lo único que tenía que hacer era inclinarme hacia él un poco y nuestros labios se tocarían... otra vez.

Entonces, como si me hubiera leído la mente, hizo algo que jamás había hecho. Se inclinó y me besó... en la mejilla.

—Gracias. Eres una gran amiga, Sadie. —Sonrió y se me derritió el corazón—. Siempre estás cuando te necesito. Y eres sincera conmigo. Tú nunca me mentirías como ellos.

Bajo cualquier otra circunstancia, un beso de Connor en la mejilla me habría vuelto loca, pero

la palabra *amiga* me había apuñalado el corazón.
Y, para colmo, se equivocaba conmigo. No era
sincera, y menos iba a serlo, porque ahora era imposible que le contara la verdad.

12
Connor

Me sentía bien al apoyar la cabeza sobre el hombro de Sadie. Me transmitía una sensación cálida y familiar y, por primera vez ese día, me noté un poco mejor. Estuvimos así sentados durante lo que me parecieron horas, con las piernas colgando del árbol y balanceándose al unísono.

Sadie llevaba sus viejos Adidas, las agujetas que en su momento fueron blancas, ahora estaban mugrosas, y la suela estaba desgastada por un lado. Su padre podía comprarle toda una fábrica de tenis, pero allí estaba ella, con los mismos que llevaba usando los dos últimos años. Le di un toque en el pie con el mío, y ella me lo devolvió. Estuvimos jugando a eso un rato, y no sé por qué, me relajó mucho. Bueno, hasta que empezó a rugirme el estómago y recordé que no había comido nada.

—¿Qué hora es? —pregunté al tiempo que levantaba la cabeza de su hombro.

—Eh... —Sadie sacó el celular de la mochila—. La una.

—¿En serio? ¿Llevamos dos horas aquí sentados?

Sadie me miró y asintió. Tenía aplastada la parte del cabello en la que me había apoyado. Tenía un aspecto totalmente ridículo, pero le quedaba bien.

—Sí. Dos horas. —Se metió el celular en el bolsillo y, con un movimiento rápido, balanceó las piernas y saltó del árbol—. Me muero de hambre.

—Yo también.

Me uní a ella y, por instinto, empezamos a caminar hacia mi casa, el lugar donde solíamos ir para evitar los alimentos bajos en calorías, insípidos y sosos de la madre de Sadie. Pero, cuando me di cuenta de adónde nos dirigíamos, me paré.

—Vamos a otro sitio —propuse—. No quiero volver a casa.

—¿El Giovanni's? —sugirió Sadie con una gran sonrisa.

—¡Sí, carajo! —contesté, y se la devolví.

Giovanni's era nuestro otro lugar favorito. Era una pizzería oscura y sórdida que había en una antigua zona comercial a unas manzanas de nuestra calle. Nadie del vecindario se atrevía a entrar allí porque está «en el lado oscuro», como lo expresó una vez la madre de Sadie. Seguro que piensa que son los bajos fondos, cuando no es más que el barrio de al lado.

No obstante, Sadie y yo teníamos una teoría sobre Giovanni's. Nunca se llena. Los únicos clientes habituales eran un grupo de hombres mayores italianos que se pasaban el día sentados en un rincón, jugando a las cartas y fumando puros. Estábamos convencidos de que la pizzería era una tapadera para la mafia y que solo la usaban para lavar dinero o algo del estilo. Si no, ¿cómo había podido mantenerse abierta durante tantos años?

Brett, Sadie y yo incluso habíamos celebrado allí el decimoséptimo cumpleaños de Sadie. Como siempre, el local estaba vacío, con la excepción de los jugadores de cartas italianos que fumaban puros. El hombre de mediana edad que lo regenta no se lo había pensado dos veces y nos atiborró a todos de sangría. Le daba igual que fuéramos menores de edad. Después de la sangría, sacó la grappa, y los tres nos pusimos una buena borrachera por primera vez en nuestra vida. Los italianos del fondo se pusieron a brindar por Sadie y a armar un buen escándalo. Cuando quisimos darnos cuenta, habían apartado las mesas a los lados para improvisar una pista de baile.

Esbocé una sonrisa al recordarlo. Sadie me sacó de mi ensoñación.

—Dios mío —dijo cubriéndose la cara con las manos—. Sé en qué estás pensando. Para.

—Aún no creo que bailaras con ese tipo. —Me eché a reír al recordar a Sadie bailando rumba o lo que fuera con aquel mafioso sesentón.

—Bueno, tampoco es que hubiera muchas posibles parejas de baile aquella noche. Tuve que arreglármelas con lo que encontré.

—Podrías haber bailado conmigo.

Le guiñé un ojo, y ella dejó de caminar por un instante y se me quedó mirando de esa forma extraña.

Yo también me detuve y la miré.

—¿Qué?

—No me pediste que bailara contigo.

—No debería tener que pedírtelo, Sadie. Yo bailo contigo cuando tú quieras.

—Mmm... —gruñó. Parecía que no me creía.

—Si quieres, bailo contigo ahora mismo.

—¿Aquí?

—Sí. Aquí, en la banqueta, delante de todos los coches que pasan.

—Estás loco.

—Mis padres se van a divorciar. Se me permite estarlo —respondí.

Luego, tomé a Sadie del brazo y le di una vuelta. Traté de hacer una caída como las de los concursos de baile de la televisión, pero no salió bien: la cabeza de Sadie chocó con mi pecho. Para evitar que nos tropezáramos, la tomé por la cintura, la acerqué a mí y, entonces...

Noté que me invadía una sensación extraña. Ambos paramos de reírnos y nos quedamos mirándonos para, de repente, apartarnos al mismo tiempo.

¿Qué había sido eso? Sin embargo, antes de que tuviera tiempo para pensarlo...

—¿Pepperoni con extra de queso? —me preguntó mientras desviaba los ojos y se acomodaba la camisa.

—Eh... Sí, claro.

—Vamos.

Y se echó a correr delante de mí.

Esa tarde, cuando por fin llegamos a casa después del atracón de pizza, la madre de Sadie le hizo una escena bastante dramática por haberse escapado. La habían llamado de la escuela y, ahora, la estaba amenazando de nuevo con mandarla a aquel internado solo para chicas y le había preguntado si consumía drogas. La madre de Sadie era de esas personas que siempre sacan las conclusiones más precipitadas y erróneas. Como aquella vez que Sadie se puso mala del estómago justo después de pasar el día nadando en el lago. Su madre estaba convencida de que había agarrado algún tipo de parásito acuático y se la llevó derechita al hospital.

Yo no quería, pero, para ayudarla, le conté lo de mis padres y le expliqué que Sadie solo había intentado portarse como una buena amiga. Al decirle eso, se le iluminaron los ojos como si fuera el Cuatro de Julio. ¡Chisme fresco! La gente del vecindario vivía para eso. Y ahora ella tenía un bombazo informativo. De repente me agarró y me abrazó.

—Connor, lo siento mucho. No sabes cuánto lo siento, en serio —empezó a repetir una y otra vez.

No sabía qué pensar. ¿Quizá sí que le importaba de verdad?

La madre de Sadie me soltó al fin, respiró hondo y me miró con una expresión triste y condescendiente. Después, se puso a bombardearme con un millón de preguntas. Respondí lo mejor que pude mientras le hacía gestos sutiles a Sadie para que me ayudara. Ella hizo todo lo posible para rescatarme, pero, cada vez que trataba de interrumpirla, su madre atacaba con otra pregunta.

No podía hacer otra cosa que imaginarme a la madre de Sadie hablando por teléfono con todo el vecindario, el barrio, la ciudad, el país y la galaxia. Si el rumor corría, los chismosos estarían entretenidos durante un tiempo. Lo último que quería era que la gente empezara a mirarme como si fuera un chiquillo en situación de riesgo.

Cuando por fin logré salir de allí, Sadie me siguió hasta la puerta.

—Oye, acuérdate de lo de mañana por la noche —le avisé mientras salía.

Sadie me miró confundida durante un par de segundos. ¿Cómo podía haberlo olvidado?

—La fiesta. En mi casa. ¿Recuerdas? Brett, Brenna y sus amigas, tú y yo. Tienes un misterio aderezado con canela y menta que investigar.

A Sadie le cambió la cara. De repente parecía distante y rara.

—¿Aún quieres seguir con eso?

Le sonreí abiertamente.

—Anda, tienes que venir. Mis padres se van a divorciar, no lo olvides. Necesito apoyo moral.

—¿Ya vas a usar esa carta?

Asentí con valentía. Lo cierto era que temía el momento de volver a casa y creo que Sadie lo sabía, porque esbozó una media sonrisa y me despidió con la mano.

De camino a casa, saqué el celular y le escribí un mensaje rápido.

Connor
Gracias por lo de hoy.
Eres la mejor. Un beso. ☺

13
Sadie

¿«Un beso»?

Si Connor supiera lo que ese beso era para mí...

Que su beso significaba mucho más que solo unas letras en una pantalla táctil. No eran solo cuatro letras, lo era todo y más, y él no lo sabía. Y seguramente no lo sabría nunca.

Aquel día me había descolocado. Sus ojos tristes, su cabeza sobre mi hombro, el beso en la mejilla y el baile. Me hizo dar vueltas, acabé sobre su pecho y... pasó algo. O al menos yo sentí algo, pero, es evidente, él no. Así que lo último que necesitaba era ese maldito «beso» digital. Me sentía como una imbécil declarada... otra vez.

Dios, tenía que comprarme una vida. Estaba volada por alguien que nunca iba a poder tener. A lo mejor necesitaba salir con alguien, encontrar a otra persona y enamorarme hasta los huesos. Así podría hacer todas las cosas lindas de cuando estás en una relación: quedarme despierta toda la noche pegada al celular, reírme, enviarnos mensajes y fotos... Tal vez entonces podría olvidarme de Connor. Resoplé con rotundidad. Me estaba haciendo ilusiones.

Empecé a prepararme para irme a la cama y, por instinto, me asomé por la ventana.

Connor estaba demasiado cerca, literalmente. Su casa era un edificio de dos pisos y nuestras habitaciones estaban al mismo nivel, separadas solo por una franja de jardín, una pequeña cerca y un arbusto. Nada más. El árbol que había entre nuestras ventanas apenas bloqueaba la vista. Cuando él se había mudado a aquella casa, el árbol era solo un retoño, pero había ido creciendo con el paso de los años. Como mi amor por él.

La luz de su cuarto seguía prendida, y estaba a punto de darme la vuelta cuando vi una sombra deslizándose por la pared. Se movió hacia la ventana y entonces lo vi, iluminado por completo, en toda su gloria. Me saludó con la mano, me dedicó una sonrisa y luego cerró las cortinas. Lo interpreté como una señal para que yo cerrara las mías también y me fuera a la cama. No podía imaginarme cómo estaría Connor en ese momento, y me sentí absolutamente incapaz de ayudarlo. Sus padres se iban a divorciar y su vida, tal y como la conocía, no iba a volver a ser la misma. Se me partió el corazón al intentar ponerme en su lugar.

De pronto mi celular se iluminó.

Connor

Ahora ya sé que, en efecto,
me estás acosando.

Aquello me hizo sonreír de oreja a oreja. Dios, ¿cómo podía hacer que quererlo fuera tan fácil? Le contesté enseguida.

Sadie

¡Ja, ja! Ya quisieras.

Connor

Si

¿Qué? El corazón se estrelló contra mis costillas, rebotó y me golpeó en el diafragma antes de regresar galopando al pecho.

¿Qué carajos significaba eso?

Parecía que estuviera ligando. ¿O es que yo estaba viendo cosas donde no las había?

Esas sesiones de mensajes nocturnos eran algo habitual entre nosotros, y a veces me dejaban embelesada. Con frecuencia me despertaba a la mañana siguiente con una sonrisa antes de caer en la cuenta de pronto de que todo lo que le había dicho yo iba con segundas, pero no iba a servir de nada. Siempre trataba de dirigir la conversación hacia un lugar al que nunca llegaba. ¿Se puede ser más tonta? Supongo que es más fácil insinuar las cosas que arriesgarse a decirlas a la cara, pero era inútil.

Cada vez que intentaba coquetear o lanzar alguna indirecta, él me contestaba como si yo no fuera más que el «cuate» que vive en la casa de al lado.

Pero ahora parecía que estuviera esperando a que siguiera con el coqueteo y no tenía ni idea de cómo responder. Estaba a punto de dejar de respirar cuando recibí otro mensaje.

Connor
Perdón. Le di enviar
sin querer antes de terminar
de escribir. Quería decir:
«Si soy muy poco interesante
para que me acosen».

Y entonces mi corazón galopante tropezó, cayó y se rompió. Inspiré hondo y contesté.

Sadie
Ya. Eres un idiota.

Connor
Buenas noches.

Sadie
Buenas noches.

Me eché el edredón por encima de la cabeza, cerré los ojos y permanecí en aquella oscuridad un buen rato. Comenzaron a carcomerme por dentro un millón de emociones, pero la principal de todas, esa que se había asentado de mala manera en mi estómago y que no dejaba de jalar, tensar y presionar, era la culpa.

«Tú nunca me mentirías como ellos.»

Sus palabras resonaban en mi cabeza.

Esa mañana había estado dispuestísima a contarle la verdad, cada fibra de mi cuerpo lo estaba. Me había preparado mentalmente para hacerlo. Pero cuando lo vi en el árbol, sabiendo todo lo que estaba pasando en su vida... ¿Qué demonios iba a hacer ahora?

Me di la vuelta e intenté ponerme cómoda en la cama, pero me estaba costando horrores. O puede que tuviera el cuerpo tenso. Solo estaba segura de una cosa, y era que no tenía ninguna intención de hacer de Sherlock Holmes en la fiesta del sábado. Dudaba que mi frágil corazón pudiera soportarlo. La fiesta fue lo último en lo que pensé antes de dormirme al fin.

Me desperté con cierta sensación de terror. El día se extendía ante mí como una desagradable mancha de mermelada de fresa, densa y pegajosa, y me imaginé como una hormiga a punto de quedar atrapada en ella. Solo podía pensar en la fiesta, en cómo Connor iba a clavar los ojos en todas las amigas de Brenna, coqueteando y preguntándose si la misteriosa chica sería esa o aquella, mientras yo permanecía al margen de todo como un mal tercio luciendo una sonrisa falsa.

Estaba clarísimo que iba a pasar toda la noche sufriendo en soledad. Fue entonces cuando se me ocurrió la idea, y supe al instante que era terrible, pero era la única que tenía. Así que, nada más llegar a la escuela, la puse en marcha. Daba la impresión de que últimamente solo funcionaba a base de malas ideas.

Lo encontré en el pasillo de camino a clase.

—¡Ey, Jarrod! —exclamé.

Se dio la vuelta enseguida con una expresión de sorpresa en la cara.

—¿Sadie? ¡Vaya! Hola, Sadie.

No era ningún secreto que Jarrod estaba enamorado de mí, lo cual lo convertía en una especie muy poco común en la escuela. No tenía ni la menor idea de por qué le gustaba, la verdad. Puede que fuera porque los dos éramos diferentes al resto, cada uno a su manera. Jarrod era una especie de genio de los videojuegos online. Al parecer le pagaban un pastizal por jugar a videojuegos y buscar los fallos que tuvieran. Así de bueno era.

Nos conocimos un año antes, cuando nos emparejaron para un proyecto de ciencias. Recuerdo que en aquel momento pensé que, si él pudiera gustarme tanto como yo a él, mi vida sería muchísimo más fácil. Intenté obligarme a verlo de esa manera, me esforcé para que me gustara y, durante un breve instante, casi lo consigo. Acabamos saliendo una temporada. Nos besamos, llegamos a segunda base, pero nada más. Me decidí a dejarlo una noche que, mientras me besaba, no paraba de pensar en lo mucho que deseaba que fuera Connor.

—¿Qué haces esta noche? —pregunté.

—Eh... Pues... Mmm... —Parecía desconcertado, y no lo culpé—. Nada.

—¿Quieres venir a lo que organizó Connor en su casa?

—Ah. —De pronto se mostró algo menos entusiasmado—. ¿Connor organizó algo?

—Sí, una reunión, y había pensado que igual querías venir. Es tranqui, solo seremos unos cuantos amigos.

Enfaticé la palabra *amigos* para que no se hiciera una idea equivocada. No quería que pensara que aquello era una cita. Pero, entonces, ¿qué era? ¿Qué diablos estaba haciendo?

—¡Claro! —me respondió casi a gritos.

—Genial. Ven a buscarme a casa a las siete.

Jarrod asintió con entusiasmo y me fui, sintiéndome fatal por lo que acababa de hacer. Iba a convertirlo en el mal tercio suplente para sentirme mejor.

El resto del día fue un suplicio. Esa sensación de terror iba aumentando a medida que pasaban las horas y parecía seguirme de una clase a otra. No hacía más que intensificarse a medida que se acercaban las seis y llegaba la hora de prepararme.

En ese momento, el terror se convirtió en algo similar a un gusano enroscándose y retorciéndose en mis intestinos. Pero antes de que ese pavor amenazara con convertirse en un maldito ataque de pánico con todas las de la ley, McKenzie irrumpió en mi cuarto. Justo lo que me faltaba.

Se deslizó hasta mi cama y, con gesto burlón mal disimulado, canturreó:

—¿Adónde vas esta noche?

Cuando hablaba, las preguntas simples o las afirmaciones siempre tenían cierto tono burlón. Todo lo que salía de su boca parecía estar empapado en veneno. Aunque no siempre había sido así. Hubo un tiempo en el que fuimos inseparables, pero daba la sensación de que había pasado una eternidad. Se enroscó el cabello alrededor del dedo. Era idéntica a mí, pero al mismo tiempo no tenía nada que ver conmigo. Mirarla era como verte en un espejo que en realidad no reflejaba tu aspecto, sino todo lo contrario de tu persona.

—¿Y bien? —insistió, y supe que no iba a dejar de preguntar hasta que le dijra algo.

—Connor organizó algo en su casa —comenté sin darle importancia mientras me ponía la camiseta—. Brenna traerá a sus amigas y...

—¿Por qué invitó a esas zorras?

Puse los ojos en blanco.

—No son unas zorras. —Odiaba que mi hermana hablara así. Vaya cliché.

—Lo que tú digas —respondió. Más clichés—. ¿Vas a ponerte... eso? —Me miró de arriba abajo y arrugó la nariz como si fuera un montón de mierda de perro apestosa.

—¿Qué tiene de malo?

—Por favor, Sadie. ¿«Welcome to Bermuda»? Bonita palmera. Es broma, ¿no? —Se levantó de la cama y se dirigió hacia la puerta—. Nunca se va a fijar en ti si sigues vistiéndote como un chico.

Dicho eso, cerró la puerta tras salir pavoneándose de mi habitación y me pareció oír una risita ahogada.

Me giré y me miré en el espejo. Los pantalones estaban viejos, los tobillos, deshilachados, los zapatos, sucios, y la playera... Tenía razón. Estaba hecha un desastre.

«Nunca se va a fijar en ti si sigues vistiéndote como un chico».

Eché un vistazo por el tocador y vi que mi madre había añadido otro rímel a mi montón de maquillaje sin usar que, con cada día que pasaba, iba haciéndose más y más grande. Me senté y lo tomé; también brillo de labios, lápiz de ojos, unas cuantas brochas y cosas brillantes. Pero ¿qué se suponía que debía hacer con todo eso?

Encendí la laptop y busqué en YouTube uno de esos tutoriales de maquillaje; hoy en día se puede aprender de todo en internet. No obstante, tras pasar unos minutos viendo a alguien hablando sobre hacerse el contorno de las mejillas y otras cosas que no entendía, lo cerré de golpe. Tampoco era tan lerda. ¿Verdad? Podía improvisar algo. ¿No?

Así que me planté algo de brillo de labios, probé a ponerme rímel por segunda vez en mi vida y me eché un pegote de un mejunje brillante de color bronce en las mejillas. Luego me pasé el cepillo por el cabello, pero volvió a su posición habitual enseguida: medio tieso y medio lacio, ni en un lado ni en otro. En fin, tampoco es que fuera un peinado como tal, era más bien una declaración de intenciones. Aunque no tenía ni idea de lo que pretendía aquella noche.

Me acerqué al clóset y me puse a buscar en la pila de playeras con la esperanza de encontrar algo menos desgastado y turístico. Saqué una de las camisetas de tirantes de McKenzie, que por alguna razón había acabado allí. La levanté y, por un instante, la miré con desconfianza. Era una camiseta de tirantes blanca, sencilla, pero, aun así, era demasiado corta por delante y muy pegada para mi gusto. Pero, bueno, ¡qué demonios! Me la probé y, una vez puesta, tuve que mirarme dos veces. *Caraj...*

Tenía pechos. En serio, ¿en qué momento había pasado?

Me quedé tan fascinada por los dos montículos que apenas oí el timbre cuando sonó. Solo cuando la voz estridente y socarrona de mi hermana resonó por toda la casa recordé que había invitado a Jarrod. Me remordió la conciencia.

—¡Sadie, tu chico está aquí!

Me dio escalofríos oír la voz de McKenzie y las palabras que había usado. ¿«Mi chico»? ¡Cállate, McKenzie! No quería que Jarrod se pensara lo que no era.

Bajé la escalera a toda prisa antes de que pudiera hacer más daño, pero, cuando ya casi había llegado abajo y vi la sonrisa de Jarrod, supe que su maldad había surtido efecto. Me sonrió con tanta expectación que me sentí fatal. Era oficialmente una mala persona, y estaba cavando tantas tumbas a mi alrededor que al final acabaría tropezándome y cayendo en una de ellas, sin posibilidad de salir después.

—Hola. —Hice un breve gesto con la cabeza, y él sonrió todavía más.

Oí a McKenzie a mis espaldas diciendo con condescendencia:

—Oooh. Qué bien que vuelvan a salir juntos.

Me dedicó una sonrisa gélida que yo ignoré. Tomé del brazo a Jarrod, con su sonrisa de oreja a oreja, y me apresuré a salir de allí para alejarme de ella.

14
Connor

Brett es un friki del cine. Le encantan las películas en blanco y negro de cine mudo, e incluso preside un club de cine mudo en la escuela, aunque solo tenga cuatro miembros contándolo a él. A veces, lo veo grabando todo a su alrededor con el iPhone. Ya hace dos años que tiene esa costumbre. Seguido me pregunto qué diablos hace con todos esos videos, sobre todo cuando lo cacho grabándonos a Sadie y a mí. Él siempre me sonríe y dice: «Estoy trabajando en el próximo éxito en blanco y negro».

Así que, cuando le pedí que trajera algo de entretenimiento para esa noche, debería haber adivinado que iría con un montón de películas antiguas a la sala de juegos del sótano de mi casa.

—Son románticas —explicó mientras colocaba el proyector—. Seguro que así todo el mundo se pone a tono.

—¿A qué tono? —le pregunté.

—Ya sabes, a ese tono que inspirará a tu chica de canela y menta a confesarte su amor eterno.

Brett me miró de una forma muy rara. Se estaba burlando de mí y, de repente, se me prendió el foco. ¿Acaso él sabía quién era? Le devolví la misma mirada extraña.

—Espera, ¿sabes quién es? —le pregunté.

Por la cara que puso Brett en ese momento, me dio la impresión de que sabía más de lo que decía.

—¿Es tu hermana? —insistí.

Brett volvió a sonreír.

—Pues claro que no es mi hermana. Créeme. No es tu mayor fan, que digamos.

—¿Por qué?

—Según ella... eres un rubio bonito. A ella le gustan más esos poetas bohemios misteriosos que tanto molestan a mis padres. Ya sabes, la clase de tipos a los que me gustaría golpear en la cabeza con algo duro... como me pasa contigo a veces.

Brett siguió sonriendo, y eso me hizo sospechar más.

—Juraría que sabes más de lo que aparentas. —Me acerqué y me erguí ante él.

Volvió a negar con la cabeza, pero había algo extraño en su manera de mirarme...

—No fastidies. ¡Tú lo sabes! Sabes quién es, ¿verdad que sí? —Lo señalé con el dedo.

Se encogió de hombros de forma burlona.

—Quizá deberías abrir los ojos un poco más.

—¿Qué se supone que quieres decir con eso? —Lo tomé por los hombros—. Si sabes quién es, tienes que decírmelo.

—Claro que no.

—Carajo, hombre, dímelo, por favor. Necesito saberlo.

Mi corazón empezó a latir con fuerza. ¿De verdad sabía quién era?

—No.

—¿Por qué estás siendo tan idiota? ¡Si yo estuviera en tu lugar, te lo diría! ¿Qué te traes?

—Oye, cálmate. En serio, no sé quién es. Solo digo que abras los ojos... —La voz de Brett se fue apagando como si acabara de ver a una preciosa *ingénue* de una de sus películas mudas (él me enseñó esa palabra).

No pude evitar girarme para ver qué observaba. Y, entonces, la vi.

—Sadie —dijo Brett mientras pasaba por mi lado y se acercaba a darle un abrazo—. ¡Estás guapísima! A ver, da una vuelta.

Brett la tomó de la mano y la obligó a caminar en círculo.

Sadie sonrió, y me di cuenta de que tenía un aspecto muy cambiado aquella noche. La miré detenidamente. ¿Por qué estaba tan distinta? No lo entendía. Pero parecía... Me costaba encontrar las palabras. Parecía... ¿qué?

—¿Te vestiste así para impresionarme? —preguntó Brett.

Pero Sadie dejó de sonreír. Me estaba mirando y, de repente, se veía cohibida. Se puso un suéter café que llevaba y se abrochó todos los botones. Pero, incluso a pesar de ese suéter tan familiar, seguía teniendo un aspecto diferente.

—¡Ya quisieras! —contestó, dirigiendo su atención hacia Brett y dándole un golpe juguetón en el brazo.

Y, en ese momento, me percaté de la presencia de otra persona.

—Se acuerdan de Jarrod, ¿verdad? —dijo Sadie señalándolo.

—Hola. —Jarrod asintió con la cabeza sin mucho ánimo y nos dedicó una sonrisa presumida.

No me gustó.

¿Por qué sonreía como si se hubiera llevado la mejor flor del ramo? No, no me gustaba. No me gustaba para nada. Y tampoco me gustó cuando se acercó a Sadie y la rodeó con el brazo. ¿Estaban...?

—Bueno, vamos dentro —dijo Sadie, sin apenas hacer contacto visual conmigo antes de irse con Jarrod.

Brett se giró y me susurró:

—¿Tú lo sabías?

—¿Qué cosa? —pregunté.

—Que Sadie y Jarrod estaban saliendo otra vez.

—¿Ellos? No. Para nada, no están saliendo. Es mi mejor amiga, me lo habría contado. No, es imposible que estén saliendo, ella no...

—Vaya, veo que alguien se puso celoso —me interrumpió Brett con una gran sonrisa pintada en la cara.

—No me puse celoso —respondí.

—Está claro que sí, y la pregunta es: ¿por qué? ¿Qué te importa a ti con quién esté saliendo Sadie?

—Sadie no está saliendo con nadie —lo corregí rápidamente—. Y menos con Jarrod. Nada de eso.

—Es un mundo libre, puede salir con quien le dé la gana.

—¿Te dijo algo de él? —inquirí.

—¿Por qué te importa tanto con quién esté saliendo? —insistió Brett mientras volvía a esbozar aquella sonrisa estúpida.

—Entonces, ¿están saliendo? ¿Te lo dijo? —No sé si estaba nervioso, ansioso o qué, pero no entendía qué me pasaba.

—No estaría mal que estuvieran saliendo. Es un buen tipo.

—No, no lo es. Sadie es demasiado buena para él.

—¿Ah, sí? —La sonrisa de Brett había desaparecido, y ahora mostraba un semblante serio—. Bien, pues dime. ¿Con quién debería salir?

Por algún motivo, la pregunta me tomó desprevenido.

—No lo sé, pero se merece algo mejor que Jarrod.

Brett dio un paso adelante y me apretó el hombro muy pero que muy fuerte. Carajo, debió de usar toda su fuerza.

—Pues sí, se merece algo mejor, Connor. Totalmente de acuerdo.

Se me quedó mirando para darle énfasis al momento, pero, antes de que pudiera preguntarle qué quería decir, alguien me llamó.

—Hola, Connor —me saludó Brenna.

Me dio un tímido abrazo mientras Brett le lanzaba una mirada de desaprobación. Lo sé, es terreno prohibido. Se giró hacia sus amigas y empezó a presentármelas.

—Ellas son Claire, Mich y KC.

—Hola —dijeron las tres al unísono mientras me saludaban con la mano.

—Bienvenidas, señoritas —las saludó Brett con una reverencia formal, como si mi casa fuera una mansión antigua y él, mi mayordomo.

La pomposidad de Brett me hizo reír y, cuando me dirigí adentro, mi madre me atacó con una bandeja de aperitivos gigante.

—Pensé que a lo mejor tenían hambre.

Me colocó la bandeja en las manos con una sonrisa entusiasta, me guiñó el ojo y desapareció tan rápido como había aparecido.

Llevaba todo el día comportándose de forma extraña. Quizá esta iba a ser su nueva personalidad, la de una madre que se siente culpable y que intenta compensarlo todo con comida. Mi padre no estaba en casa. Aquel pensamiento hizo que se me revolvieran las tripas y, de repente, noté una punzada de pánico al preguntarme dónde estaría y qué estaría haciendo. ¿Volvería a casa algún día?

Traté de alejar aquel pensamiento de mi cabeza y bajé de nuevo al sótano, un lugar donde mi padre y yo habíamos pasado mucho tiempo. Las amigas de Brenna me estaban esperando, y parecía que todas quisieran hablar conmigo a la vez. Mientras saludaba con la cabeza a los demás invitados que llegaban, estuve hablando con las chicas y preguntándome si alguna de ellas podía ser mi chica misteriosa, pero no me dio esa impresión. La verdad era que estaba distraído.

Mientras me hablaban, me sorprendía contemplando el sofá, el puf, la mesa de billar y todas las cosas que había elegido con mi padre cuando decoramos la sala hace años. Él estaba por todas partes. Tenía que parar de pensar en eso.

Busqué a Sadie con la mirada, pero tampoco estaba allí. Aunque Jarrod sí. Había ido derechito a la zona de los videojuegos. Me disculpé y volví a subir a mi habitación por si había decidido dejarme plantado y se había escondido en el clóset, pero tampoco estaba allí. Entonces, miré por la ventana.

Estaba de pie, en el jardín, bajo el árbol que separaba nuestras casas. La observé durante unos instantes y me pregunté qué le estaría rondando por la cabeza. Parecía sumida en sus pensamientos.

—¡Sadie! —la llamé mientras salía por la ventana, cruzaba el tejado y, después, me dejaba caer por el árbol que crecía junto a la casa. Había aprendido a dominar este movimiento con los años.

Se giró y me miró. Había algo en su aspecto que me frenó en seco. Se parecía a ella, pero había algo muy distinto a como solía ser.

—¿Qué te pasa? —le pregunté mientras me acercaba a ella.

—Nada. Es solo que no me siento muy bien.

La miré de arriba abajo. No se veía enferma. Al contrario, estaba mejor que nunca.

—¿Qué tienes? —insistí.

Se encogió de hombros.

—Me duele la cabeza. Creo que me voy a casa.

—No, no puedes. Necesito a mi compinche.

—Connor... —Negó con la cabeza y miró hacia el suelo.

Carajo. Estaba siendo un egoísta.

—Es verdad, tienes razón. Vete a casa y descansa. Luego te llamaré para ver cómo estás.

—¿Sadie?

Ambos nos giramos y vimos que Jarrod se acercaba hacia donde estábamos.

—No me había dado cuenta de que la fiesta estaba aquí fuera.

Me miró de una forma casi combativa. Parecía que quisiera dejar claro que ahora Sadie era de su propiedad. Qué mal me estaba cayendo ese chico.

—Sadie no se encuentra bien. Le duele la cabeza —expliqué con un tono resentido e intencionado.

Esperaba que no fuera tan idiota como parecía y que supiera leer entre líneas. Pero estaba claro que lo era, porque me lanzó otra mirada de machito y rodeó el hombro de Sadie con el brazo. De verdad, odiaba a ese tipo.

—¿Quieres que nos vayamos? —le preguntó Jarrod a Sadie.

Puse los ojos en blanco. Era imposible que Sadie se fuera con él sin más...

Pero ella asintió.

¿Qué demonios? Asintió, se dio la vuelta y, sin apenas despedirse de mí, cruzó el jardín con Jarrod. Sentí una extraña combinación de rabia y abandono. No podía creer que se fuera con ese.

Entonces me di cuenta de algo que me hizo sentir peor. ¿Se habría inventado lo del dolor de cabeza solo para irse de la fiesta y poder disfrutar de algo de tiempo a solas con Jarrod?

Luego me asaltó otro pensamiento... En el caso de que así fuera, ¿por qué me molestaba tanto?

15
Sadie

No podía hacerlo.

No podía quedarme allí a ver cómo escrutaba a todas aquellas chicas, mirándolas y preguntándose cuál de ellas lo había besado mientras yo me paseaba por allí con mi secreto.

Quería irme a la cama antes de sufrir un verdadero dolor de cabeza, pero, por cortesía, me senté un rato en la sala con Jarrod y lo escuché hablar sobre trucos de tecnología. Después de pasar una hora o así hablando sobre la *deep web* (esa parte secreta de internet donde puedes contratar asesinos a sueldo), le dije que estaba cansada y nos despedimos de una forma un tanto incómoda. Creo que esperaba que lo besara o que le diera un abrazo largo, porque fue una de esas despedidas en las que no parecía que fuera a llegar nunca a la parte del «adiós».

Jarrod no era un mal chico. De hecho, era interesante, muy amable y considerado, pero sabía que nunca me gustaría de esa manera. Cuando lo comparaba con Connor, que es lo que hacía con todos, no estaba a su altura ni de chiste. Pero es que nadie iba a estarlo nunca. ¡Y ahí radicaba el mayor problema de mi vida!

En cuanto se fue Jarrod, entré en mi habitación y me cambié enseguida. Me volví a poner la playera de «Welcome to Bermuda». Me quedé delante del espejo y contemplé esa versión de mí: la que llevaba rímel, las mejillas rosadas y los labios con brillo. Era una chica guapa, lo admito, pero no iba a volver a salir en mucho tiempo. Tomé un bonche de pañuelos y me dispuse a limpiarme el maquillaje de la cara. Sin embargo, pocos segundos después, quedó bastante claro que los pañuelos secos no iban a hacer nada. Por el amor de Dios, ¿con qué diablos se quitaba el maquillaje?

Me quedé mirando la playera de las Bermudas y deseé estar allí, sentada bajo las palmeras, contemplando la puesta de sol. Deseé estar en cualquier otro lugar. Todo parecía estar viniéndoseme encima. Aquello en lo que siempre podía apoyarme para mantener la estabilidad se estaba tambaleando. Connor. Nuestra relación siempre había sido una constante en mi vida. Lo único que nunca cambiaba, lo único con lo que siempre podía contar cuando necesitaba apoyo, pero últimamente ya no era así.

Para empezar, jamás le había mentido hasta entonces, y eso me estaba matando. En segundo lugar, estaba tan obsesionado con encontrar a la chica de canela y menta que no estaba nunca ahí, ni siquiera cuando estaba físicamente presente. Cuanto más distante y obcecado se volvía, más parecía escurrírseme de entre los dedos; no es que lo hubiera tenido nunca comiendo de la palma de mi mano, pero la posibilidad de que en el futuro hubiera un «nosotros» estaba desvaneciéndose a marchas forzadas. Y cuanto más le mentía y ocultaba la verdad, más me encerraba yo en mí misma y más me alejaba de él. Las mentiras lo cambian todo. El nudo del estómago se tensó. Confié en que aquello no terminara tan mal como para que acabara destruyendo nuestra amistad. Argh. Necesitaba distraerme.

Me senté frente a la laptop y la abrí. Hora de planear algún viaje.

Cuando mis abuelos murieron, nos dejaron a mi hermana y a mí algo de dinero y, al contrario que McKenzie, yo invertí mi parte, por lo que ahora disponía de la cantidad suficiente para costear un año entero de viajes. Así que, durante el último año, había estado planificando mi viaje alrededor del mundo. Ya les había dicho a mis padres que quería tomarme un año sabático antes de ir a la universidad. Mi madre se puso histérica, evidentemente, pero a mi padre le pareció una buena idea.

En cierto momento, Connor y yo habíamos hablado de hacerlo juntos, pero ahora eso estaba descartadísimo. Además, lo más probable era que ganara el torneo de tenis de la semana siguiente, consiguiera una cuantiosa beca para alguna universidad en otro estado y acabara convirtiéndose en un jugador de tenis famoso y sexy.

Lo único que me había impedido reservar el viaje hasta entonces había sido Connor, la minúscula posibilidad de que viniera conmigo, pero, después de lo de aquella noche y lo que había pasado esa semana..., a lo mejor necesitaba alejarme de él un tiempo en lugar de vivir cada día con la tortura de ver mi corazón roto una y otra vez.

Llevaba demasiado tiempo cerrándome a cualquier otra relación que pudiera surgir. Me imaginé con treinta años: ¿iba a quedarme sin pareja por haber estado esperando a Connor toda mi vida? Él no iba a venir detrás de mí.

Abrí la carpeta de viajes y añadí las Bermudas a la lista de lugares que quería visitar. Mi plan era empezar por Sudamérica y, luego, ir a Europa. Ahora, al añadir las Bermudas, necesitaba sentarme y reorganizar la ruta. Después lo reservaría todo. Iba a tener que planearlo todo con detalle para poder reservar todos los vuelos, los trayectos en tren por Europa y confeccionar una lista de todas las cosas que quería ver.

Mi corazón dio un vuelco de la emoción y tembló con solo pensarlo. Siempre había querido salir del ambiente estéril en el que vivía y viajar por el mundo, pero... ¿un año? ¿Un año entero sin Connor? Eso era mucho tiempo.

Para cuando regresara, Connor habría encontrado a una chica preciosa y alucinante. Pero a lo mejor, y esa era mi esperanza, tras un año ausente, al fin habría dejado atrás esa obsesión por él. Después de todo ese tiempo, tal vez se convirtiera en un recuerdo lejano, el chico con quien me divertí... y al que amé.

Pasé unas cuantas horas planificando mi nueva ruta, investigando sobre Sudamérica y haciendo una lista de los lugares que quería visitar. Quería hacer el Camino Inca y explorar el Amazonas. Quería ver el desierto de sal de Bolivia y el carnaval de Brasil. En cuanto a Europa, quería explorarla entera. Quería nadar en el mar Egeo y beber café expreso del bueno por las calles empedradas de Roma. Subir a la torre Eiffel a pie, perderme en Barcelona y luego morirme de miedo en una de esas famosas visitas sobre Drácula en Rumanía. Cuando empecé a sentir los ojos cansados, ver borroso y ser incapaz de mantenerlos abiertos, cerré la laptop y me di cuenta de lo agotada que estaba. Me dormí de inmediato.

Me desperté a la mañana siguiente con por lo menos cinco mensajes de Connor y uno de Jarrod.

Fui a abrir uno de los mensajes de Connor, pero decidí no hacerlo. Por alguna razón, no quería leerlo. Ni ese ni ningún otro. Esa mañana estaba molesta, muy enojada con él, lo cual era una sensación muy extraña. Estaba enojada con Connor y su obsesión con encontrar a esa chica, y me estremecí cuando dejé volar la imaginación y pensé en lo que podía haber sucedido la noche anterior en mi ausencia. Así que no me interesaba leer ningún mensaje suyo en ese momento. En su lugar, abrí el mensaje de Jarrod, aunque con ciertas reservas, con la esperanza de que no fuera como creía que iba a ser.

Jarrod
Espero que estés mejor. Anoche
me la pasé genial. Deberíamos
repetirlo pronto. Un beso.

Carajo. Estaba claro que le había dado la impresión equivocada. Había dicho «amigos», ¡lo había dicho! Pero ya sé lo que pasa, que uno siempre oye lo que quiere oír e ignora el resto. ¡Carajo!

Solté el celular y bajé a desayunar a la cocina, donde, como siempre, me dio la bienvenida una pasta grasosa que tenía el mismo aspecto y el mismo olor que la tierra mojada. Mi padre llegó justo después, echó un vistazo al último mejunje de mi madre y se giró hacia mí.

—Sadie. Ven, vamos a desayunar afuera.

Cuando mi padre y yo salimos de allí, mi madre y mi hermana, que estaban comiéndose esa bazofia, nos fulminaron con miradas de desaprobación, especialmente McKenzie.

Una vez fuera, mi padre me lanzó las llaves de su coche.

—¿Manejas tú?

Lo miré con timidez. Nunca había manejado su coche, era demasiado intimidante. Era un Porsche enorme y muy llamativo, y tenía miedo de que saliera volando en cuanto tocara el acelerador.

—Anda —me animó—. Bajaremos el capote y sentiremos el viento en nuestros cabellos.

Aquello me hizo gracia, porque mi padre estaba completamente calvo. Me dedicó una sonrisa y me subí al coche. Me aseguré de que el cinturón de seguridad estaba bien puesto y, cuando giré la llave, la bestia cobró vida. Juro que pude sentir cómo vibraban las moléculas del aire que nos rodeaba y, tan pronto como posé el pie en el acelerador, el coche avanzó a una velocidad inimaginable. Sí, era increíble.

Me giré hacia él sonriendo.

—Caray.

—Qué te digo —contestó.

No tardé mucho en agarrarle la onda. Solo era cuestión de manejarlo con suavidad. En cuanto comencé a sentirme más cómoda al volante, decidí acelerar un poco. Entonces mi padre se giró hacia mí y ambos nos reímos. Siempre había estado más unida a mi padre (McKenzie era la niñita de mamá). Solíamos hacer esto de vez en cuando: manejar hasta la cafetería más cercana donde hicieran hotcakes y waffles y atiborrarnos de azúcar hasta tener náuseas. Aquella mañana pedimos extra de tocino con los hotcakes y nos reímos de lo que diría mamá si nos viera comer todo eso. Luego nos reímos aún más cuando anegamos aquel banquete con miel de maple hasta que los hotcakes empezaron a flotar en un río de líquido dorado viscoso.

—¿Ya reservaste tu viaje? —me preguntó.

—Anoche estuve mirando más lugares, así que tengo que volver a planearlo todo antes de reservar.

Tenía la boca tan llena en aquel momento que no sabía si me había entendido.

De pronto mi padre se inclinó hacia delante y posó su mano sobre la mía.

—Espero que eso sea lo único que te impide reservarlo.

Su sola mirada decía tanto que casi me atraganté con el bocado. Dios, ¿él también lo sabía? Qué vergüenza.

—¿A qué te refieres?

—Me refiero a que espero que cierto chico no te esté impidiendo cumplir tus sueños. —Mi padre me apretujó la mano y luego volvió a centrarse en sus hotcakes—. Tienes que hacerlo, Sadie. Llevas años hablando de eso y, si no lo haces, te arrepentirás.

Asentí. Sabía que tenía razón, pero eso no lo hacía más fácil.

—Si tiene que ser, será —añadió con una sonrisa mientras proseguía con su propio montón embadurnado en miel.

Ignoré el tema y de repente me pregunté cómo habría sido su historia con mamá. Nunca les había preguntado cómo se habían conocido. Dios, ni siquiera era capaz de imaginármelos como jovencitos enamorados. Solo podía pensar en ellos como adultos, como padres.

—¿Como tú y mamá? —pregunté.

Lo único que sabía es que empezaron a salir en la prepa, nada más.

Mi padre volvió a sonreír.

—Me fui a la universidad durante cuatro años enteros y, a pesar de todo, seguimos juntos. De hecho, nos vino bien tomarnos ese descanso. Los dos maduramos mucho. Si nos hubiéramos casado al terminar la preparatoria, te aseguro que no habríamos durado nada. Necesitamos ese tiempo separados para poder crecer individualmente.

Mi padre me miró de frente, sin rodeos. Lo sabía. Sabía a la perfección lo que sentía por Connor y me estaba mandando un mensaje. Incliné la cabeza, pero no pude evitar sentir una puñalada en el estómago cuando lo pensé.

—Confía en mí, cielo —insistió—. Si tiene que ser, será. Además, hay millones de peces en el mar.

Volví a centrarme en mis hotcakes y paseé el tenedor por el plato cubierto de sirope. Puede que hubiera millones de peces en el mar, pero solo había uno para mí.

16
Sadie

Después de desayunar, mi padre y yo decidimos ir hasta el lago a tomarnos un helado, por si acaso aún no habíamos tenido una sobredosis suficiente de azúcar. Me encantaba pasar tiempo con él, pero, de repente, sentí lástima por Connor. Una vez que sus padres se hubieran divorciado, ya no volvería a experimentar momentos como estos con su padre cuando quisiera. La ira que había sentido antes hacia él se disipó, y solo quería abrazarlo y decirle que todo iba a estar bien.

Cuando llegamos a casa, mi madre estaba en la habitación dedicada a su taller de manualidades, haciendo un álbum de recortes, mirando Pinterest o lo que fuera que hiciera últimamente. Tiene más tablones de Pinterest que cualquier otra persona que conozca, y todos están llenos de tonterías inútiles, como, por ejemplo, cómo quitar las manchas de un suéter de angora o preparar pizza vegana, sin gluten y desabrida.

—¿Comieron suficiente azúcar? —preguntó mientras nos dirigía una mirada de desaprobación.

Mi padre le sonrió, y recordé lo que había dicho de que estaban hechos el uno para el otro.

—De momento, sí —le contestó él con tono burlón—. Pero todo depende del tipo de «comida» que pienses darnos después —añadió haciendo el gesto de las comillas y guiñando un ojo. ¡Es increíble mi padre!

Mi madre negó con la cabeza fingiendo sentirse derrotada y le sonrió a mi padre. Por primera vez en mi vida, me di cuenta de lo adorables que eran juntos. Me pregunté cómo habría sido mi madre de joven. Seguro que era una versión mucho más genial que la actual; si no, no sé cómo mi padre había podido enamorarse de ella. Creo que, a su manera peculiar y extraña, era bastante interesante. Aunque desearía que me criticara menos o que le parecieran mejor las cosas que hago.

—¡Holiiiiii! —gritó McKenzie detrás de mí, haciéndome saltar del susto. Tiene una habilidad asombrosa para aparecer de la nada y siempre lo hace en el peor momento.

Me giré y la fulminé con la mirada. Tenía una sonrisa malvada pintada en la cara. ¿Qué estaba tramando?

—Ya vi que hay un chico durmiendo en tu cama, Sadie. —Le lanzó a mi madre una expresión de preocupación para añadirle dramatismo a ese momento tan planificado. Y obtuvo la respuesta que sin duda esperaba...

Mi madre se levantó de golpe.

—¡¿Cómo?! ¿Quién? Por el amor de Dios, Sadie, dime que no estás teniendo ese, e, equis, o, por favor. —Deletreó la palabra aunque todo el mundo en la sala sabía leer, y luego se frotó las sienes con vigor mientras me miraba, como intentando impedir que le explotara la cabeza.

Mi hermana dio un paso adelante con una expresión de satisfacción.

—Relájate, ya. Solo es Connor.

—Ah. —Mi madre relajó los hombros y dejó de frotarse las sienes.

Estaba esperando que me acusara de haberme acostado con Connor, pero no lo hizo.

—Entonces no importa.

¡Un momento! ¿Tan patética era que incluso mi madre lo veía así? ¿Tan inconcebible le parecía la idea de que pudiera acostarme con Connor? De repente deseé que pensara que habíamos estado toda la noche dándole al tema.

Pasé junto a McKenzie empujándola, subí la escalera y allí estaba él, durmiendo en mi cama abrazado a mi almohada. Entré en la habitación y cerré la puerta con cuidado para no hacer ruido. No quería despertarlo. Estaba tan guapo... La luz tenue entraba por la ventana y le iluminaba el rostro. Me senté en la silla a observarlo y, por un momento, me invadió el deseo de meterme en la cama con él y quedarme dormida. Casi podía sentir sus brazos envolviéndome y...

¡Carajo! ¡Basta!

No podía permitirme pensar esas cosas. Así que me senté en la cama y le di un toque firme en el brazo, el brazo al que quería sujetarme mientras lo besaba.

—¡Despierta, hombre!

Connor se movió y abrió los ojos muy despacio. Los tenía rojos, como si hubiera estado llorando.

—¿Qué hora es? —musitó con una vocecita adorable y somnolienta.

Se me derritió el corazón y formó un charco a mis pies.

—Las tres.

—Mierda. —Se incorporó—. Llevo aquí todo el día. ¿Dónde estabas?

—Mi padre y yo pasamos el día por ahí.

—¿Un festival de azúcar? —me preguntó con una sonrisa adormilada.

Asentí.

—¿Qué haces aquí?

—Vine a buscarte. Me preocupé al ver que no respondías a los mensajes. —Miró mi celular con una expresión extraña.

Lo había dejado cargando junto a la cama y se me había olvidado llevármelo. Por un segundo, pareció estar irritado. Algo iba mal. Aunque eso no me sorprendía. En esos momentos, daba la sensación de que todo entre Connor y yo iba mal. Muy mal.

—¿Qué pasa? —quise saber.

Se quedó un momento en silencio y, luego, se alisó el cabello con la mano. Siempre hacía eso cuando pensaba. Era adorable.

—Así que... tú y Jarrod, ¿no? —dijo por fin tras un largo silencio tocándose el cabello.

—¿Cómo?

Eso era lo último que esperaba que fuera a decirme. Además, ¿a él qué le importaba?

—Jarrod. Ya sabes... ¿Qué hay entre ustedes? ¿Están...? ¿Son...? —Las palabras se le atascaban como si tuviera la lengua trabada.

—Somos amigos —respondí rápidamente. De pronto aquella conversación me hizo sentir muy incómoda.

—No lo parece —comentó mirando de reojo mi celular.

—¡Oye! —Tomé el celular y me lo metí en el bolsillo—. ¿Estuviste revisando mi celular?

—El mensaje aparecía en la pantalla, no pude evitarlo.

Ahora estaba como a la defensiva, casi furioso, y yo no entendía su actitud. Un silencio incómodo se adueñó de la habitación. Nos miramos y sentí que algo cambiaba entre nosotros, y no para mejor. Era como si hubiera un trasfondo de algo que nunca hubiera estado allí antes.

Connor por fin rompió aquel silencio tan violento.

—Nos vamos a mudar.

—¿Qué?

—Mi madre acaba de decirme que tenemos que vender la casa, por el divorcio. La compraron juntos. —Connor puso los pies en el suelo y se incorporó—. Por eso vine.

—Espera, ¿te vas a mudar? ¿Vas a vivir en otra casa?

Connor agachó la cabeza y asintió.

—Eso parece.

Me sentí como si me hubieran clavado una estaca en el corazón y me hubieran dejado sin respiración.

—¿Cuándo? —logré susurrar.

—Mi madre dice que no va a ser inmediato, pero... Yo no quiero irme.

Una nube negra descendió sobre nosotros. La luz que entraba por la ventana perdió el brillo y el color. Se aproximaba una tormenta, podía sentirlo.

Me dejé caer en la cama junto a Connor. Él se volvió a tumbar a mi lado, nuestros hombros se rozaban. Aunque estábamos piel con piel, lo notaba muy lejos de mí. Había una especie de abismo creciendo entre nosotros, y eso me asustaba.

—Yo... Yo... —balbuceé. La verdad es que no sabía qué decir.

—Lo sé —respondió él muy bajito, casi en un susurro—. Esta está siendo una de las peores semanas de mi vida. Mis padres se van a divorciar, mi padre se ha ido de casa, mi madre está destrozada y nos tenemos que mudar. Y, para colmo, aún no he encontrado a la chica del beso. Ella era lo único que pensaba que podría mejorar esta semana.

Se me aceleró el corazón cuando mencionó el beso, pero no podía creer que se acordara de eso cuando sus padres estaban a punto de divorciarse. Actuaba como si no encontrarla fuera el fin del mundo.

—Y, lo que es peor, me cambias por Jarrod. —Su voz tenía un punto ácido.

—No te cambio por nadie.

—No sé yo, parece que ahora quieres estar con él.

—Yo no estoy con nadie.

—¿De veras? —Se incorporó apoyado sobre el codo y se giró para mirarme.

—No —dije muy bajito mientras lo miraba.

Estaba tan cerca de mí... Me contemplaba fijamente. Me derretí. Quería estrecharlo entre mis brazos para siempre. Necesitaba sentirlo cerca. Ya había probado sus labios una vez, en ese beso, y luego me lo habían arrebatado. Solo quería ser suya, aunque solo fuera por unos instantes. Como en aquel breve momento en la oscuridad.

Cuando Connor se fue aquella noche, tuve una sensación de vértigo en el estómago, como si estuviera cayéndome. Como si cada vez estuviera apartándome más de él, precipitándome a un gran agujero negro del que no había retorno. Sentía como se me escapaba entre los dedos y me preocupaba que fuera a separarse tanto de mí que jamás pudiéramos tener otro momento juntos. Iba a mudarse, algo estaba cambiando entre nosotros y yo no quería ninguna de las dos cosas. Quería aferrarme tanto a cómo éramos antes que casi me dolía. Quería atraparlo y retenerlo, pero ¿cómo? Anhelaba la cercanía cálida que compartíamos antes y que, por algún motivo, ahora parecía fría y distinta. Deseaba poder ser sincera con él. Los sentimientos amorosos que sentía por Connor habían vuelto a subirme por la garganta y a bloqueármela. Esos sentimientos por él eran tan físicos que tenían el poder de dejarme sin respiración, de asfixiarme y de estrangular cualquier palabra que fuera a salir de mi boca. De alguna forma, tenía que decirle lo que sentía por él. Si no, estaba convencida de que me iba a asfixiar.

Necesitaba hacerlo desesperadamente, pero ¿cómo?

Y entonces se me ocurrió una idea, aunque al principio ni siquiera le presté mucha atención. Solo era un eco de un pensamiento, apenas audible. Pero cuanto más tiempo pasaba allí sentada en silencio y tratando de acallar todos los demás pensamientos desordenados que tenía en la cabeza para centrarme en ese pequeño eco, más sonoro se volvía. Primero se volvió un susurro y, después de un rato, ya podía oírlo a un volumen normal. No obstante, pronto se convirtió en un grito sonoro, agudo e incesante. No había forma de acallarlo, ni por un segundo. No hasta que puse las manos sobre el teclado y empecé a escribir.

Con dedos temblorosos, cerré la sesión de mi cuenta de Gmail habitual y, luego, creé una cuenta nueva. Mientras lo hacía, no me sentía como si estuviera al mando de la situación. Parecía como si algo me obligara a hacer todo aquello... Pero tampoco traté de luchar contra ello. Cuando terminé, me quedé mirando lo que había escrito en la pantalla y solté un grito ahogado...

tuchicadecanelaymenta@gmail.com

¿Qué diablos acababa de hacer? ¿Y qué se suponía que iba a hacer a continuación?

17
Connor

Me quedé mirando la pantalla de la laptop alucinando al ver el nuevo mensaje que tenía en la bandeja de entrada.

De: tuchicadecanelaymenta@gmail.com
Asunto: Tu búsqueda acabó
¿Me has estado buscando?

Permanecí un rato boquiabierto frente a la pantalla, incapaz de creer lo que estaban viendo mis ojos. Cerré la laptop y respiré profundamente un par de veces. Esto no podía estar pasando. ¿O sí? Lo volví a abrir, pensando que habría desaparecido, pero seguía allí. Y entonces caí en la cuenta. Brett.

Para: tuchicadecanelaymenta@gmail.com
Asunto: Ja, ja. Muy gracioso
Muy buena, Brett. Te atrapé.

De: tuchicadecanelaymenta@gmail.com

Asunto: Persona equivocada

Connor, no soy Brett. Veo que no te acuerdas de mí. Siento haberte molestado... Me rompes el corazón.

Diablos. El corazón se me aceleró. ¿Estaba pasando de verdad?

Para: tuchicadecanelaymenta@gmail.com

Asunto: Espera... ¿Quién eres?

Si no eres Brett, entonces ¿quién eres?

De: tuchicadecanelaymenta@gmail.com

Asunto: Ella

Nos dimos un beso en la fiesta de la semana pasada. Me ofende que no me creas. ¿Qué tengo que hacer para convencerte?

Mi corazón comenzó a palpitar. *Palpitar...* No, esa no era la palabra correcta. ¿Cuál era? Si me hubiera quedado algo de aire en los pulmones, podría haberlo dicho en voz alta, pero no pude. A lo mejor sí era ella. Me temblaban las manos al acercarlas al teclado y volver a teclear.

Para: tuchicadecanelaymenta@gmail.com

Asunto: Demuéstralo

Descríbeme con todo detalle lo que ocurrió en la fiesta.

Le di enviar y esperé.

El correo electrónico parecía estar tardando una eternidad en llegar. Con cada segundo que pasaba me ponía más y más nervioso, hasta que al final ya no pude soportarlo. Me levanté y empecé a dar vueltas. ¿Por qué rayos tardaba tanto? Deseaba con todas mis fuerzas que fuera ella.

Por fin...

De: tuchicadecanelaymenta@gmail.com

Asunto: La prueba

Cuando las luces se fueron, estaba sonando esa canción tan horrible de Katy Perry. Corrí hacia ti en la oscuridad. No sé por qué, pero lo hice. Hubo un momento en el que pareciste sorprendido, y yo también. Sin embargo, te inclinaste, igual que yo. Podía sentir tu aliento en mis labios, y el ambiente parecía estar en llamas. Entonces, nos besamos. Me rodeaste con el brazo y me acercaste a ti. Tu mano derecha se deslizó hasta la parte baja de mi espalda. Tus dedos me incendiaron la piel y me estremecí. ¿Te acuerdas? Sabía a menta y canela, y desde entonces no he sido capaz de pensar en otra cosa.

P. D.: Además, dejé algo en tu boca.

P. P. D.: El mejor beso de mi vida...

Mi corazón llegó al cerebro del brinco que dio y expulsó toda razón. No podía pensar con claridad. Respondí al email embargado por la emoción.

Para: tuchicadecanelaymenta@gmail.com
Asunto: También lo fue para mí
Yo también he estado pensando en él... y quiero repetirlo. Por favor, dime quién eres.

Hubo otra pausa larga entre correos y, no sabía muy bien por qué ni cómo, pero notaba que estaba dudando sobre si decírmelo o no. Era raro, pero por alguna razón ya me sentía más cerca de ella. Era como si nos conociéramos. Había algo familiar, y aun así era un misterio absoluto.

De: tuchicadecanelaymenta@gmail.com
Asunto: La paciencia es una virtud
Ay, Connor. No creo que estés preparado aún para saber quién soy.

Para: tuchicadecanelaymenta@gmail.com
Asunto: La paciencia está sobrevalorada
Todo lo contrario. Estoy MÁS que preparado para saber quién eres. Créeme.

De: tuchicadecanelaymenta@gmail.com
Asunto: Típico de Connor
TE CONOZCO, CONNOR MATTHEWS. Sé perfectamente cómo piensas. Has salido con todas las rubias despampanantes de la preparatoria y apuesto lo que quieras a que ni siquiera te has molestado en conocerlas. En conocerlas de verdad. ¿Me equivoco?

Para: tuchicadecanelaymenta@gmail.com
Asunto: Ya no
Puede que sí, pero ya no soy así. Quiero conocerte a TI. Quiero saberlo todo de ti.

De: tuchicadecanelaymenta@gmail.com
Asunto: No me convence
Antes vas a tener que demostrarme que has cambiado.

Para: tuchicadecanelaymenta@gmail.com
Asunto: De acuerdo
Haré lo que tú quieras, siempre y cuando consiga besarte otra vez.

Hubo otra pausa larga y, por un instante, me arrepentí de lo que había dicho. A lo mejor había sido demasiado directo y la había espantado. Pero entonces volvió a aparecer otro correo en la bandeja de entrada.

De: tuchicadecanelaymenta@gmail.com
Asunto: Un beso
La verdad es que quiero volver a besarte, pero por ahora tendrás que conformarte con esto.

Para: tuchicadecanelaymenta@gmail.com
Asunto: Dos besos
Estoy dispuesto a esperar.

De: tuchicadecanelaymenta@gmail.com

Asunto: Tres besos

Vas a tener que hacerlo. Buenas noches, Connor.

Y entonces cerré la laptop. Una sonrisa enorme me brotó en la cara, y nada en el mundo iba a
poder borrarla nunca más.

18
Sadie

Me desperté con una enorme sonrisa pintada en la cara y con la sensación de estar llena de energía. De hecho, parecía que iba flotando y que mis pies ya no tocaban el suelo. La gravedad no ejercía ninguna fuerza sobre mí ese día.

Por fin, tras años tragándome las palabras, la noche anterior había logrado decirle algunas. Cierto, él no sabía que era yo quien se lo decía, pero, aun así, haberle confesado parte de lo que sentía a Connor me suponía un gran alivio, como si me hubiera quitado un peso de encima. Quizá por eso tenía la sensación de ir flotando. Estaba tan contenta de haber podido liberar algunas de esas palabras después de tantos años de silencio...

Pero, en el fondo, también sabía que seguramente esto iba a hacerme bumerán. Me acabaría saliendo el tiro por la culata y todo explotaría y se haría añicos. Sin embargo, estaba tan feliz que me sentía preparada para ignorar las posibles consecuencias de lo que había puesto en marcha. Mi mentira sin fin no parecía importar demasiado ante la sensación cosquilleante, radiante e increíblemente vertiginosa que percibía en ese momento, mientras saltaba por el suelo de mi habitación como si fuera una bailarina de ballet.

Lo único que me importaba era poder seguir diciéndole a Connor las ganas que tenía de besarlo. Y lo mejor era que él estaba respondiendo lo mismo. Así que sí, en ese instante pensaba ignorar todos los pensamientos exasperantes que intentaban advertirme de que aquello iba a provocar una explosión peor que la de Hiroshima. Esos pensamientos que trataban de decirme que, seguramente, esto tenía un único y nefasto fin... Uno en el que yo acabaría herida. Pero en ese momento me daba igual. Porque me sentía genial.

Ni siquiera McKenzie iba a conseguir borrarme la sonrisa, aunque estaba en modo McKenzie total conmigo esa mañana. Estaba acostumbrada a sus comentarios, pero ese día, cuando bajé por la escalera con mi playera de Australia de BIENVENIDOS AQUÍ ABAJO con el koala, alzó la vista de su galleta ultrabaja en calorías y arrugó la nariz.

—Dios. Si usaras esa playera de forma irónica sería medianamente aceptable. Pero no es el caso, así que no es aceptable.

La ignoré. Nada iba a estropearme el buen humor, ni siquiera que mi madre se uniera a ella.

—Tu hermana tiene razón, Sadie. Mira lo desgastada que está. ¿Quieres que la gente de la escuela piense que no podemos permitirnos comprarte ropa nueva?

Solté una risa burlona y sonora.

—Créeme, nadie de la escuela dudaría jamás de tu habilidad para comprar ropa.

—¿Puedes al menos ponerte algo que no parezca tan viejo? —suplicó mi madre. La apariencia lo era todo para ella.

—No me juzgues por no querer vestirme como si fuera a participar en un concurso de belleza.

Mi madre y mi hermana pusieron los ojos en blanco y chasquearon la lengua al unísono. Fue una muestra flagrante de desaprobación estética. Después, mientras tomaba su infusión, la mirada de mi gemela mala se iluminó con una chispa diabólica.

—Además, no querrás que los chicos se lleven la impresión equivocada. —Hizo una pausa—. Bienvenidos *aquí abajo*.

—¡McKenzie! —aulló mi madre impactada al caer en la cuenta de aquel doble sentido no muy sutil—. ¡No puedes decir esas cosas! Y menos en el rincón del desayuno.

Me pregunté por qué era el rincón del desayuno el lugar equivocado para decir algo así. ¿Acaso sería mejor decirlo en el salón, mamá?

A pesar de todo, no me molesté. Estaba demasiado emocionada y centrada en ver a Connor. Después de aquella noche, quería verle la cara y saber cómo se sentía.

En cuanto lo vi, obtuve la respuesta. Sonreía de oreja a oreja, como si estuviera drogado, y no paraba de mirar el celular. Me acerqué a él y le sonreí de forma radiante.

—Vaya, sé por qué estoy contento yo, pero ¿por qué estás tan contenta tú? —me preguntó.

Borré la sonrisa de mi cara. Sabía que debía ser inteligente. Tenía que aparentar normalidad. Ser la Sadie de siempre, aunque ahora todo pareciera distinto.

—No... por nada. ¿Por qué sonríes como un idiota?

—¡Se puso en contacto conmigo anoche! —exclamó. Parecía un niño de tres años a punto de hincarle el diente a un helado con caramelo.

Me hice la tonta.

—¿Quién?

—¿Cómo que quién? La única persona del mundo que importa ahora mismo.

Carajo. Bien. Tremendo puñetazo en el estómago. De repente la mañana mágica ya no era tan mágica, pero no quería que se percatara de mi reacción. Retomé el ritmo y lo adelanté. Debió de comprender que me había ofendido, porque me tomó del brazo para frenarme.

—Además de ti, claro —dijo mientras me giraba hacia él—. Aún eres mi chica número uno.

—Gracias, pero está bastante claro que te olvidarás de mí en cuanto la encuentres.

—¿Cuándo me he olvidado de ti por otra chica?

—Nunca, pero esta parece distinta —comenté antes de mirar el reloj—. Tengo que irme a clase. Nos vemos a la hora de comer.

—¿Está ocupado? —preguntó Connor mientras se sentaba a mi lado.

—No —respondí siguiéndole el juego como siempre, aunque esa mañana parecía más forzado que de costumbre.

Se sentó y me miró como si estuviera pensando en algo muy serio. Me giré hacia él, con una sensación de inquietud en el estómago que iba en aumento.

—¿Qué? —le pregunté.

—Tenías razón sobre algo: sí que es diferente. Hay algo en todo esto que parece completamente distinto.

Sus palabras me provocaron una especie de terror frío.

—Pero te prometo que esto no cambiará nada entre nosotros. Te lo prometo.

Me dio un codazo y el terror frío se convirtió en hielo, congelándome la sangre de las venas. El mero hecho de decirme eso me hacía sentir que todo entre nosotros había cambiado. Abrí la boca de repente, sentí que un montón de palabras nuevas iban a salir por ella y que no podría impedirlo...

—Connor, tengo que decirte una cosa...

—Oye, ¿crees que me estará observando ahora mismo? —me interrumpió, y me vi obligada a terminar la frase en mi mente: «Fui yo quien te besó. Soy la chica a la que escribes. Soy yo. Siento haberte mentido».

Me aclaré la garganta y negué con la cabeza.

—¿Te contó que venía a nuestra escuela?

Dijo que no con la cabeza.

—No hizo falta que lo hiciera. Puedo sentirla.

—¿Sentirla? Sí, claro. Parece que te sacaron de una de las novelas románticas de mi madre. Estoy a punto de vomitar mi comida orgánica.

De repente Connor me tomó de la mano y me miró a los ojos.

—«Su corazón la deseaba como nunca había deseado nada antes. Su ausencia le partía el alma, y su cuerpo...»

—Cállate ya. —Lo alejé—. Ahora sí que estoy preocupada. Si no te conociera bien, pensaría que tienes un montón de libros de esos debajo de la cama.

—Tal vez los tenga. Quizá, en la intimidad, soy un romántico.

—Lo dudo.

Brett se acercó a la mesa y soltó de golpe la comida sobre ella. Fui por sus papas fritas al instante.

—Vaya, vaya. ¿Qué traman, tortolitos? —preguntó, casi consiguiendo que me atragantara.

Me aclaré la garganta.

—Nada, pervertido. —Logré esquivarlo por muy poco.

—Le estaba diciendo a Sadie que, en la intimidad, soy un romántico.

—¿Tú? Sí, claro. Tú no sabrías qué es el romanticismo aunque lo tuvieras delante de las mismísimas narices. De hecho, no sabrías lo que es ni aunque lo tuvieras sentado al lado. En plan, ahora mismo.

Brett me miró a los ojos e inclinó la cabeza. Casi me da algo. Tomé más papas y apoyé la frente en la mano mientras masticaba.

«Lo sabe. Lo sabe. Espera. ¿Qué es lo que sabe? Carajo, ¿sabe lo del beso?»

Para sorpresa de Connor y Brett, me levanté de un salto.

—Tengo que ir a la biblioteca —me excusé, apresurándome a tomar mis cosas mientras ocultaba el rubor intenso que se había acumulado en mis mejillas—. Yo... tengo que... buscar un libro para... eh... Historia.

Salí de allí como alma que lleva el diablo sin echar la vista atrás, pero, en cuanto entré en la biblioteca, mi celular se iluminó.

Para: tuchicadecanelaymenta@gmail.com
Asunto: Romanticismo

Mis amigos creen que no soy romántico, así que he decidido demostrarles que se equivocan escribiéndote un poema. Las rosas son rojas, los narcisos, blancos, da igual dónde te escondas porque al final seguro que te atrapo.

Me eché a reír y, de repente, otro correo iluminó la pantalla.

Para: tuchicadecanelaymenta@gmail.com
Asunto: Carajo...
Me acabo de dar cuenta de que soné como un acosador. No era esa la intención. ¿Me perdonas?

Empecé a escribir una respuesta.

De: tuchicadecanelaymenta@gmail.com
Asunto: Reglas del romanticismo
Las rosas son rojas, los helechos, verdes, si dejas de inventarte poemas cursis, quizá vaya a verte.

Le di a enviar y se me aceleró el pulso. A los pocos segundos, mi celular volvió a iluminarse.

Para: tuchicadecanelaymenta@gmail.com
Bueno... ¿y cuándo voy a volver a besarte?

Tragué saliva. Con fuerza. Era mi oportunidad para decirle lo que quería que supiera... desde hacía años.

De: tuchicadecanelaymenta@gmail.com
Espero que pronto. Me muero de ganas de besarte.

¡Carajo! No podía creer que le hubiera escrito eso.

Para: tuchicadecanelaymenta@gmail.com
Dime quién eres, por favor.

De: tuchicadecanelaymenta@gmail.com
Aún no... La ausencia es al amor lo que el aire al fuego: apaga el pequeño y aviva el grande.

Para: tuchicadecanelaymenta@gmail.com
El mío es muy grande y está muy avivado. ¡Dímelo ya!

De repente sonó la campana y, sin pensar, le contesté.

De: tuchicadecanelaymenta@gmail.com
Tengo que irme a clase... Un beso.

Me arrepentí en el mismo instante que pulsé enviar. Me había dejado llevar tanto que no lo había pensado bien.

Para: tuchicadecanelaymenta@gmail.com
¿Vas a mi escuela? ¡Lo sabía! Te buscaré. Besos.

¡Mierda!

19
Connor

—Dios, deja de sonreír así. Me pone enfermo —refunfuñó Brett mientras le daba un mordisco a la hamburguesa.

—Eso es que estás celoso —dije.

—No te creas —replicó Brett con la boca llena de carne y queso.

Giré la cabeza en su dirección.

—¿Qué pasó con tu racha saludable? —pregunté señalando su comida.

Él se encogió de hombros y le dio otro mordisco a la hamburguesa.

—Deberías venirte a correr conmigo —sugerí.

Cuando decidió intentar llevar una vida más sana, lo apoyé en todo momento. La dieta de Brett era una broma recurrente entre nosotros. Estaba todo el día diciendo que le iba a costar un huevo conseguir novia con la panza y demás. Lo decía de broma, pero creo que en realidad no lo era para él. Siempre había sido el chico regordete, y solían meterse con él hasta que se convirtió en el chico regordete y gracioso que le cae bien a todo el mundo. Aun así, cada vez que decía que quería perder peso o empezar a comer sano, yo lo apoyaba tanto como podía. Hasta comí ensalada con él a la hora de la comida durante su último intento.

—Iré a correr contigo cuando dejes de ser un idiota —respondió tras tragar el último bocado.

—¿Por qué soy un idiota? —quise saber.

—Mmm, a ver. Porque vas detrás de una chica imaginaria cuando hay chicas reales aquí mismo. Muy cerca.

Negué con la cabeza.

—No es imaginaria. Ese beso no fue ninguna fantasía. Te aseguro que fue muy real. Y está muy cerca, viene a esta escuela. Mira. —Le pasé mi celular y dejé que viera los últimos mensajes.

Brett arrugó la cara y me devolvió el celular.

—Ahora sí que me das asco... ¿«Las rosas son rojas»? —Fingió un escalofrío y náuseas para darle más efecto.

—Di lo que quieras —contesté, y sonreí al ver el mensaje una vez más antes de guardarme el celular de nuevo en el bolsillo.

Levanté la vista y vi a Brett mirándome fijamente.

—¿Seguro que no sabes quién es? —preguntó.

—No. Lo único que sé es que viene a esta prepa.

—Y que compra chicle de menta y canela —añadió.

Lo analicé. Todavía tenía la sensación de que me estaba ocultando algo, así que lo apunté con el dedo.

—Si sabes quién es esa chica y no me lo estás diciendo, te juro que nuestra amistad se acabó. Así que, dime, ¿sabes quién es?

Brett me miró fijamente con gesto grave y comenzó a asentir poco a poco.

—No, pero ¿quieres que te dé un consejo, Connor?

—Claro —contesté mientras le robaba unas papas fritas.

—Mira en tu corazón, Connor. Busca en ese corazón rojo como las rosas y blanco como los narcisos.

—¿Qué cosa? —inquirí.

—Sentimientos verdaderos debes en tu corazón buscar. —Brett imitaba fatal a Yoda, por eso me reí—. Bromas aparte, tienes unas cuantas cosas en las que pensar, Connor. Antes de que sea demasiado tarde.

A continuación, Brett tomó sus cosas y se alejó de la mesa.

—¡Eh! —grité a sus espaldas—. ¿Qué cosas? ¿Demasiado tarde para qué? ¿De qué demonios me estás hablando?

El entrenamiento de tenis volvió a acabar tarde aquel día. Solo faltaba una semana para el torneo, así que el ambiente en la cancha estaba cargado de agresividad y testosterona. Chase y Tyler fueron unos auténticos idiotas toda la tarde. El cazatalentos iba a estar presente, y todos deseábamos con tanta fuerza tener una oportunidad que hasta podíamos saborearla.

La única razón por la que había empezado a jugar al tenis hace tantos años fue porque mi padre había sido jugador de tenis y quería ser como él. Era mi héroe de pequeño, un superpadre que nunca hacía nada mal, y ahora simplemente... ya no estaba. Lo único que sentía y oía cada vez que la pelota entraba en contacto con la raqueta era el vacío que había dejado. Ese sonido parecía reverberar en mí, como si estuviera dentro de una cueva vacía. Y, de pronto, el placer que solía sentir cuando jugaba desapareció.

Cuando terminó el entrenamiento, me tomé mi tiempo para volver caminando a casa. No quería ir corriendo. En cuanto la vislumbré, lo único que quise hacer fue meterme en la bañera y comerme un cuenco gigante de cereales embadurnados en azúcar. Mis pies doloridos necesitaban descansar, pues estaban cubiertos de ampollas. Sin embargo, cuando entré, lo primero en lo que me fijé fue en que habían limpiado la casa a fondo. Y eso era muy poco habitual. Mi madre no era de las que limpiaban. Entonces, al oír unas voces procedentes del comedor, olvidé los cereales y el baño.

—Como puede ver, el comedor tiene vistas al jardín, así que en verano se pueden abrir las puertas y cenar al aire libre.

Mi madre estaba sonriendo, no parecía ella para nada. Más bien parecía que estuviera vendiendo una maldita multipropiedad.

—Encantador. Es un atractivo fantástico —comentó la mujer con el sujetapapeles, que se giró de modo que pude ver el logo bordado de su camisa: Inmobiliaria Pam Sue.

Interrumpí a mi madre antes de que comenzara su teatral presentación del salón.

—Mamá... —pronuncié al entrar.

Mi madre se giró con torpeza y me miró. Notó por el tono de voz (y la cara que puse) que no me gustaba aquello.

—Connor, hola. No sabía que volverías a casa tan pronto... —dijo con sentimiento de culpa, como si estuviera cometiendo un crimen.

Era evidente que no esperaba que apareciera por allí, y eso me dolió más de lo que era capaz de expresar. Me estaba ocultando muchísimas cosas. Y aquella era otra más.

—Mamá —contesté con tono monótono—, creía que habías dicho que no íbamos a mudarnos pronto.

Ella suspiró y apartó la mirada sin responderme. No hacía falta que lo hiciera. Podía ver claramente que había cambiado los planes, de nuevo, sin consultármelo. Ni siquiera me había preguntado si estaba de acuerdo con aquellos cambios. Y no, no lo estaba.

—Hola. Soy Pam...

La corté enseguida.

—Sé leer.

—¡Connor! No seas maleducado.

—¿Maleducado? —Era consciente de que había levantado la voz, pero no pude evitarlo—. ¿Sabes lo que es de mala educación, mamá? Que papá y tú me hayan estado ocultando durante meses que se iban a divorciar, que él se había buscado otro trabajo y que iba a irse de casa. Y luego obligarme a mudarme cuando ni siquiera me has preguntado si quiero o no. Y como nunca lo has hecho, te lo digo ahora: no, no quiero mudarme. ¿Entendido?

—Será mejor que los deje a solas para que discutan sobre este asunto —comentó la agente inmobiliaria al pasar por mi lado—. Esperaré en la cocina.

—¡No! —grité, y se dio la vuelta hacia mí—. En lugar de esperar en la cocina, lo mejor será que se vaya —sentencié, completamente consciente de que nunca en mi vida había sido tan grosero con un adulto.

La agente inmobiliaria me dedicó una sonrisa benévola, lo cual solo hizo que me sintiera peor, y entonces se dio la vuelta y salió por la puerta, dejándonos a mi madre y a mí solos. Nos quedamos mirándonos un rato. La expresión de su rostro era extraña y no supe cómo interpretarla. Luego suspiró, tomó una silla y se desplomó sobre ella. Se veía derrotada, y de pronto me sentí como un completo idiota por haber sido tan maleducado.

—Mamá, lo siento. Es que...

—Yo no soy la que quiere divorciarse —soltó de golpe.

—¿Qué dices? Pensaba que los dos querían, que habían decidido de mutuo acuerdo que... —Paré de hablar cuando vi que su cara se convertía en algo que nunca había visto.

—Ya sé que dije eso, pero... —Se deshizo el chongo desordenado que llevaba en lo alto de la cabeza, como si la liga la estuviera estrangulando, y dejó que el cabello le cayera por los hombros. Parecía enmarañado y sucio, algo muy inusual—. Pensaba que, si lo decía en voz alta suficientes veces, acabaría creyéndomelo. Que al final me convencería de que yo también deseaba divorciarme, pero... no.

Miré fijamente a mi madre mientras apoyaba el codo en la mesa y se dejaba caer un poco.

—No lo entiendo. Dijiste que ya no tenían el mismo vínculo emocional y que ya habían aprendido todo lo que debían aprender de su relación. Son palabras tuyas.

—¡Pues mentí! —exclamó una octava por encima de su tono habitual y algo histérica—. Es tu padre el que quiere el divorcio, yo solo acepté porque... —Negó con la cabeza y respiró hondo—. Sé que ya no es como era antes, pero ¿cómo va a serlo? Llevamos mucho tiempo casados. Y las relaciones cambian, evolucionan con el tiempo. Eso es lo que les digo a mis pacientes todo el tiempo.

Me acerqué a la mesa poco a poco, me senté y esperé a que siguiera hablando.

—Ya sé que nos casamos muy jóvenes —prosiguió—. Y te tuvimos muy pronto, aún estábamos estudiando, pero nos las arreglamos bien. Los dos terminamos la carrera, encontramos trabajo enseguida, compramos primero un apartamento de una sola habitación... Y estaba bien cuando eras pequeño, pero seguimos trabajando duro y pudimos comprar esta casa. Nos adaptamos enseguida y pensé que todo iba bien, que no había ningún problema... Pensaba que todo estaba bien.

Dejó de hablar y giró la cabeza para mirar hacia la ventana, en dirección al jardín. Sabía que no estaba mirando nada porque sus ojos parecían ausentes, y tenían un brillo vidrioso que no me gustaba nada. ¿Adónde había ido mi madre? Era como si estuviera desapareciendo delante de mis narices. Una lágrima que había estado aferrándose a sus pestañas inferiores cayó al fin y rodó mejilla abajo. No hizo nada por secarla, y sentí que mi corazón se rompía en mil pedazos por ella.

—Siento haber sido tan grosero con la agente inmobiliaria —dije en voz baja.

Ella negó con la cabeza y forzó una sonrisa estoica.

162

—No importa —contestó—. Estás enojado. —Se giró hacia mí—. Yo también lo estoy. Estoy confundida, enojada, triste y... —Sacudió la cabeza—. Un montón de cosas más, Connor. Muchas.

Con el corazón roto. Eso era lo que no se atrevía a decir. Podía ver perfectamente que mi madre tenía el corazón roto, y eso me lo rompía también a mí.

—Entonces ¿por qué te divorcias si no lo deseas? —quise saber.

—¿Y qué hago, Connor? ¿Aferrarme a alguien que no quiere seguir estando conmigo? Eso no sería justo para nadie, tampoco para mí.

—¿Y si van a terapia? —sugerí, con cierta desesperación.

Mi madre negó con la cabeza.

—No quiere, dice que no serviría de nada. Lo tiene muy claro.

—Pero ¿cómo puede tenerlo tan claro? No lo entiendo. Nunca discuten, parecen estar bien, no lo entiendo. ¿Hay alguien más?

—No. Te aseguro que no —dijo ella con firmeza—. Tu padre no haría eso.

—¿Entonces? ¿Por qué quiere divorciarse de repente?

—No creo que haya sido de repente. Creo que tu padre llevaba un tiempo sin ser feliz, solo que no me di cuenta. Dios, qué estúpida he sido. ¡Si me dedico a esto! Y cuando me ocurre a mí, en mi propia casa, ni me percato.

—No eres estúpida, mamá, no digas eso. El estúpido es papá por pensar que está bien dejarte así sin más. Él es el estúpido por despertarse un día y decidir dejar atrás su vida y su familia. El muy cabrón.

—No digas eso, Connor. Estás hablando de tu padre.

—¿Mi padre? ¿Cómo puedes decir eso, mamá? Después de todo lo que te está haciendo pasar...

—Connor. —Alargó las manos para intentar tomar las mías, pero yo las alejé.

—No, el padre que yo conozco no haría esto. El padre que conozco no se iría de casa y nos dejaría solos. El padre que conozco no renunciaría a algo sin intentar arreglarlo primero. El padre que conozco no tendría un trabajo nuevo en otra ciudad sin haberme dicho antes que quería otro trabajo en otro sitio. Ese no es para nada el padre que yo conozco. El padre que yo conocía se fue, y no quiero volver a verlo.

20
Sadie

No supe nada más de Connor durante el resto del día. Algo extraño, porque normalmente nos pasábamos el día comunicándonos de forma constante. Intenté llamarlo, pero no me contestó. Así que me limité a esperar a que diera señales de vida, confiando en escuchar el sonido familiar de M&M's chocando contra mi ventana, uno de los innumerables métodos que usábamos para llamar la atención del otro.

Eran las ocho de la tarde y empezaba a preocuparme, así que caminé hasta mi ventana y la abrí. La luz de su habitación estaba prendida y podía ver una sombra débil moviéndose por la pared. Estaba allí, y despierto. Entonces, ¿por qué no me había dicho nada? Tomé el celular y le llamé, pero me mandó el buzón de voz... otra vez.

Me agaché junto a la cama y saqué la pistola de balines. Exacto, balines. A mí no me basta con M&M's. Los balines de plástico blando no rompen cristales ni nada, pero hacen bastante ruido. Apunté a su ventana y acerté. Sonreí. Disparar se me da de maravilla.

Vi la mano de Connor apartando la cortina y no tardó en aparecer su rostro. Lo saludé y escribí en un papel para que lo leyera.

¿Estás bien?

Lo vi tomar sus binoculares (tenemos muy controlado el tema de comunicarnos a distancia). Desapareció un momento y, luego, volvió con una nota.

Ha sido un día terrible.
Lo siento.
Me duelen los pies. Y estoy cansado. Buenas noches.

Nos dijimos adiós y cerramos las cortinas. Me sentí muy mal por él. Sabía que estaba bajo mucha presión con el torneo, por no mencionar el divorcio de sus padres y la consiguiente mudanza. Aún no puedo creer que vaya a mudarse.

Justo entonces, mi celular se iluminó. Lo tomé pensando que Connor querría hablar. Y así era. Pero no conmigo.

Para: tuchicadecanelaymenta@gmail.com
Asunto: Día terrible
Se me ocurrió una cosa. Te seré sincero, tuve un

día terrible, pero creo que tú podrías ayudarme a mejorarlo.

Un beso,

Connor.

De: tuchicadecanelaymenta@gmail.com

Asunto: Interesante

¿Y cómo puedo ayudarte a mejorarlo?

Para: tuchicadecanelaymenta@gmail.com

Asunto: Tres simples pasos

Pues...

1) Puedes decirme quién eres.

2) Puedo ir a verte ahora mismo.

3) Podemos continuar donde lo dejamos.

Besos,

Connor.

De: tuchicadecanelaymenta@gmail.com

Asunto: 4

4) O simplemente podemos hablar.

Besos,

Tu chica de canela y menta.

Se produjo una pausa muy larga y fui a mi laptop, ya sabía que, si me contestaba, la respuesta sería extensa. Mientras tanto, me acerqué a escondidas a la ventana y miré qué hacía. Veía la parte superior de sus hombros y parecía que él también estaba en su laptop. Escribía algo. Esperé lo que me pareció una eternidad.

Para: tuchicadecanelaymenta@gmail.com
Asunto: Pues nada, el 4

Bueno, hablemos. Resulta que... mis padres se van a divorciar, y acabo de descubrir que, por lo visto, mi padre está cansado del rollo de ser marido y padre y se largó. Hoy volví a casa de la escuela y había una agente inmobiliaria con bronceador falso rondando por nuestra casa como si fuera un buitre.

Mi madre está hecha trizas. Hoy se puso a llorar y me dijo que no quiere divorciarse, que el único que quiere es mi padre. Además, a él no le interesa ir a terapia para tratar de solucionar las cosas, prefirió rendirse. Mi madre tiene el corazón roto y no sé qué hacer para ayudarla.

Por primera vez en mi vida le grité. Me sentí fatal, como si fuera un egoísta y un mal hijo. Quiero apoyarla, pero no sé cómo. Supongo que quiero que alguien me apoye a mí también, pero no siento que nadie lo haga. Me siento como un mierda. Tengo diecisiete años, pero parezco un niñito que solo quiere que su mamá lo abrace y le haga sentir mejor, solo que ella no puede. Y odio a mi padre. No quiero volver a verlo. ¿Qué clase de persona se despierta un día y decide abandonar a su familia?

Lo siento, no puedo creer que te esté contando todo esto. ¿Qué me pasa?

Besos,

Connor

Tenía el corazón en un puño mientras leía el mensaje por tercera vez. La señora Matthews no quería divorciarse. Y Connor se iba a mudar de verdad, y pronto. Aquella noticia me impactó todavía más. Además de náuseas, sentí la necesidad de saltar por la ventana y correr a su casa para impedir que se fuera.

Pero lo peor era que deseaba poder aliviar su dolor. Leí la última frase diez veces, y cada vez se me rompía un poco más el corazón por él. No le pasaba nada. Solo estaba sufriendo lo mismo que cualquier otro chico cuando sus padres se divorcian. Pero no sabía cómo ayudarlo, era complicado.

Lo que Connor necesitaba en ese momento era alguien que comprendiera lo que estaba ocurriendo. Alguien con quien pudiera sentirse identificado y que le dijera que todo iba a ir bien y que no pasaba nada. Que el mundo que lo rodeaba era el problema, y no él.

Empecé a escribir en Google «Cómo ayudar a un amigo a lidiar con el divorcio». Aparecieron un millón de artículos y me puse a leerlos.

Escribí más palabras en el motor de búsqueda: «¿Qué se siente cuando tus padres se divorcian?». Aparecieron más artículos, me los leí por encima y, luego, hice algo. Algo que sabía que estaba mal. Algo que sabía que no debía hacer.

¿De verdad el fin justifica los medios? Esta sería la segunda vez que iba a mentirle a Connor en la última semana y también en los últimos diez años. Bueno, además de haberle omitido lo que en realidad sentía por él. Pero esto era distinto. Era una desfachatez. Pero eso no me impidió hacerlo. La necesidad imperiosa de ayudar a Connor a sentirse mejor y de hacerle saber que era perfecto, que no le pasaba nada malo, superó cualquier pensamiento racional sobre lo que estaba bien y lo que estaba mal. Mentir no estaba bien, pero lo hice de todas formas.

De: tuchicadecanelaymenta@gmail.com
Asunto: Estamos en el mismo barco

¡A ti no te pasa nada raro! Mis padres también se divorciaron hace dos años. Yo también me enojé con ellos. Y me pasé bastante. Pero es lo normal. Además, seguro que tu madre lo entiende. Aunque esté envuelta en su propio dolor ahora mismo, te entiende. Sabe que no querías hacerlo.

Sé cómo te sientes ahora mismo, pero te prometo que todo mejora. Quizá ahora no te parezca que eso sea posible, pero es así. Mi madre ahora tiene un novio nuevo y nunca ha estado más feliz. De hecho, hasta nuestra relación ha mejorado. Connor, los seres humanos somos las criaturas más adaptables y resilientes del planeta, y tú te acabarás adaptando. Lidiar con un divorcio es un proceso y tienes que pasar por él, porque, por mucho que quieras, es algo que tú no puedes arreglar.

Lo siento mucho. Pero no hay nada de malo en ti ni en cómo te sientes.

Besos,

Tu chica de canela y menta

Una parte de mí se sintió mal por haber escrito eso, pero, cuando recibí su respuesta, supe que había hecho lo correcto en aquellas circunstancias.

Para: tuchicadecanelaymenta@gmail.com

Asunto: :)

Gracias. Me siento mucho mejor ahora que sé lo que has vivido y que todo acabará mejorando. Hablar contigo, aunque no sea en persona, me hace sentir bien.

Besos,

Connor

De: tuchicadecanelaymenta@gmail.com

Asunto: :) :) :)

Me alegro. Estoy aquí para lo que necesites.

Besos,

Tu chica de canela y menta

Para: tuchicadecanelaymenta@gmail.com

Asunto: Nada de besos

¿Por qué nos mandamos besos escritos cuando podrían ser besos de verdad?

De: tuchicadecanelaymenta@gmail.com
Asunto: Besos
De momento, tendrán que ser suficientes los besos por correo electrónico.
Muchísimos besos,
Tu chica de canela y menta

Para: tuchicadecanelaymenta@gmail.com
Asunto: En ese caso...
¡Millones de besos para ti!

Sonreí, me sonrojé y sentí que me ponía en modo ñoño, como una niña. Nunca me había sentido así, y me gustaba. Pero también sabía que estaba cavando mi propia tumba. Y no me refería solo a esta telaraña de mentiras y omisiones que estaba entretejiendo, sino a que cada vez me estaba enamorando más de Connor. Me metí en la cama y extrañé estar hablando con él hasta que me di cuenta de algo.

¿Por qué Connor no me había contado nada de eso antes? ¿Por qué no me había dicho que su madre no quería divorciarse y que una agente inmobiliaria había estado en su casa?

Me incorporé en la cama; sentía como si alguien me hubiera dado un puñetazo en el estómago. No había sido capaz de confiar en su mejor amiga cuando estaba pasando por el peor momento de su vida. En lugar de eso, había puesto la excusa de que le dolían los pies y se lo había contado todo a una completa desconocida.

172

De repente mi celular se iluminó. Lo tomé pensando que sería un mensaje de Connor para contármelo todo. Pero no. Era de Jarrod. Genial. Me dio un vuelco el corazón.

Jarrod
Hola. ¿Quieres hacer algo mañana
después de clase?

La telaraña se estaba enredando cada vez más. El agujero se volvió más profundo y, de repente, deseé no haber metido a Jarrod en todo esto y poder retirar las mentiras que le había hecho creer a Connor, aunque le hubieran hecho sentirse mejor. ¡Carajo! Salté de la cama y me puse a caminar de un lado a otro de la habitación como si me ardieran los pies y no quisieran dejar de caminar. Una sensación de temor me golpeó el estómago. ¿Qué estaba haciendo?

¿Qué diablos estaba haciendo?

21
Connor

—Te lo digo en serio, Brett. Es perfecta.

—¿Perfecta? ¿Es eso posible?

—Bueno, es perfecta para mí. Hasta sabe por lo que estoy pasando con el divorcio.

—¿En serio? —Brett dejó de caminar y me miró verdaderamente sorprendido—. ¿Y eso?

—Sus padres se divorciaron hace dos años.

—¿No me digas? —Brett no parecía muy convencido.

—Sé lo que estás pensando, Brett, pero...

—¡NO! —Me paró con una mano en el pecho—. Créeme, no tienes NI IDEA de lo que estoy pensando. ¡Nada! *Niente! Nichts!*

—¿Qué significa eso?

—¡Ey!

De pronto sentí un fuerte manotazo en la espalda. Era Chase, y Tyler lo iba siguiendo. Iban juntos a todas partes.

—¿Listo para mañana? —preguntó Chase con

una amplia sonrisa. No hacía falta ser psicólogo para darse cuenta de que era falsa.

Yo le devolví una igual de falsa que la suya.

—Por supuesto. ¿Y ustedes?

Parecíamos unos idiotas engreídos y, por la cara que puso Brett, él también lo pensaba. A ver quién jodía más ahora.

—¿Cómo va ese segundo saque, eh? —inquirió Tyler con tono burlón.

Sabiendo que iba a acudir ese cazatalentos, teníamos que aprovecharnos de los puntos débiles de los demás. Ese era el mío, y Tyler lo sabía.

—Tendrán que esperar para verlo —contesté también con una sonrisa, aunque en realidad estuviera pensando: «Voy a barrer la cancha con ustedes dos». Seguro que ellos también pensaban lo mismo.

Entonces Chase se dirigió a Brett.

—Deberías venir a dar raquetazos con nosotros alguna vez...

En ese momento hizo algo impensable: le dio unas palmaditas en la panza justo antes de darnos la espalda e irse por el pasillo pavoneándose.

Me giré hacia Brett.

—Lo siento, son unos idiotas.

Brett se encogió de hombros, como hacía siempre. No sé cómo podía soportarlo. Nadie debería tolerar algo así.

—No importa —me aseguró—. Solo reviéntalos mañana por mí y gana el torneo.

—Lo haré —dije mientras los veía irse, preguntándome a santo de qué eran mis *amigos*.

Aquella tarde tuvimos el último entrenamiento y permanecí en la línea de fondo con una cubeta de pelotas, sacando una tras otra tras otra. Necesitaba perfeccionar mi segundo saque. Aunque, siendo sincero, apenas iba a necesitarlo, porque el primero era letal. Con él he sido capaz de alejar tanto a algunos jugadores de la línea de fondo que casi se iban de bruces contra la valla. Y entonces dejé de servir y me quedé mirando la pelota que tenía en la mano. Había entrenado durísimo para aquello durante muchos años. Había estado preparándome toda mi vida para ese momento y todo porque... Sentí una opresión en el pecho. La única razón por la que me puse a jugar a tenis fue para pasar más tiempo con mi padre de pequeño. Él solía ir todos los sábados al club de tenis y yo siempre quería estar con él, así que empecé a jugar. No porque me gustara; al contrario, en realidad lo odié cuando comencé a jugar, pero se me daba bien. Sorprendentemente bien. «Lo llevas en los genes», me decía mi padre.

De pronto aquella afirmación me provocó náuseas. No quería ser como mi padre. Dejé que la raqueta cayera al suelo y me alejé de la cancha, directo a mi mochila.

Para: tuchicadecanelaymenta@gmail.com

Como vamos a la misma escuela, sabrás que mañana se celebra un torneo de tenis superimportante. Tal vez
podrías venir a verme. Me sentiría mucho mejor sabiendo que estás allí. Necesito un talismán que me dé suerte.

Un beso.

Me quedé mirando el celular, esperando el pitido de costumbre, pero pasaron varios minutos y
no sonó. No me estaría ignorando, ¿verdad? Me
pregunté cuántas veces habría pasado junto a ella
por el pasillo la última semana. Aunque, en cierto
modo, era increíble. Ella sabía quién era yo. Me
pregunté si me habría visto aquel día.

Como no recibía ningún mensaje, me guardé el
celular en el bolsillo de los shorts que llevaba y
tomé la mochila. No quería seguir practicando el
saque; lo cierto es que mi corazón no estaba en
el lugar adecuado, y aquel torneo, que debería ser
tan importante para mí, había dejado de serlo. El
celular sonó mientras cruzaba la reja. Casi se me
cae al suelo por sacarlo tan aprisa.

Papá

Hola, hijo. Solo quería decirte que
iré a verte mañana al torneo. Sé
que lo vas a hacer genial. Después
podríamos ir a cenar. Me
encantaría charlar contigo. Te
quiero. Papá.

Deseé caer enfermo. Era la primera vez que me hablaba desde que había decidido mudarse. ¿Mudarse? A ver, ¿no se supone que debes saber cuándo uno de tus padres va a mudarse? ¡Que se joda! No quería que fuera a verme ni tampoco pensaba cenar con él. No se merecía ni que le respondiera.

Me metí el celular en el bolsillo otra vez. Sin embargo, cuando volvió a sonar unos segundos más tarde, lo saqué de mala gana, dispuesto a hacerle un drama y contarle exactamente cómo me sentía, pero...

De: tuchicadecanelaymenta@gmail.com
Claro que estaré allí.

Olvidé a mi padre al instante.

Para: tuchicadecanelaymenta@gmail.com
Entonces, si gano, ¿me darás un premio?

De: tuchicadecanelaymenta@gmail.com
¿Qué clase de premio esperas que te dé?

Para: tuchicadecanelaymenta@gmail.com
¿Qué tal si salimos a cenar después?

Hubo un silencio. Esperé al siguiente mensaje, pero no llegó.

—Ey. —La voz de Sadie me desconcentró y me

di la vuelta—. Sabía que te encontraría aquí. ¿Cómo va ese segundo saque?

—Bien. Mejor. —Ni siquiera le había dicho que iba a practicar el segundo saque y, aun así, lo sabía. Sonreí—. Gracias por preguntar.

Durante un par de segundos pareció confundida.

—Siempre te pregunto por esas cosas.

—Lo sé. Siempre sabes lo que hago, a veces incluso antes que yo.

—Telepatía. —Sonrió, se encogió de hombros y, entonces, se calló. Volvió a mirarme de aquella manera tan extraña—. ¿Estás bien? —preguntó.

—Sí, ¿por?

—No, nada... Es que anoche parecías... disgustado.

—No, estoy bien. De hecho, estoy genial.

Sadie miró hacia un lado y dio una palmada con torpeza.

—Pues... ¡genial! Bien... Entonces, ¿estás listo para darles un repaso a todos?

Actuaba de una forma extraña, pero me sentía demasiado bien para preocuparme por ello.

—¡Sí! Espero que te sientes en primera fila.

—En realidad —dijo mirando a su espalda—. No voy a ir a verte mañana.

—¿Qué? —El estómago me dio un vuelco—. ¿Por qué no?

—No me necesitas.

—Claro que sí.

—¿Y tu chica de canela y menta?

180

—Lo cierto es que, ahora que lo mencionas, me dijo que vendrá.

—¿Lo ves? —expresó Sadie, y me dio un puñetazo en el brazo.

—Sí, pero no es lo mismo si no estás tú. Además, ¿no quieres conocerla? Tú también has estado buscándola.

Sadie se mordió el labio y bajó la mirada a los pies. Luego, me sonrió risueña.

—No lo necesito, Connor. Sé perfectamente lo que va a pasar. —Se aclaró la garganta y adoptó una pose un tanto ridícula—. Connor Matthews va a salir a jugar el mejor partido de tenis que el mundo y el cazatalentos hayan visto jamás. Va a barrer el suelo con todos sus contrincantes, luego le ofrecerán una beca espectacular para una universidad increíble y allí también les ganará a todos, y después seguirá y se convertirá en un jugador de tenis famoso en todo el mundo y saldrá en los libros de historia por ganar Wimbledon cien veces seguidas. Fin. —Sadie terminó su discursito con una pequeña reverencia. El cabello le cayó hacia delante y, cuando se irguió, le cruzó la cara antes de volver a su sitio. Intentó apartarse un mechón rebelde de un soplido, pero se le cayó encima otra vez. Se lo colocó detrás de la oreja, pero era demasiado corto para quedarse enganchado, así que cayó de nuevo.

Sonreí y, sin pensarlo dos veces, tomé una cinta de cabello de la bolsa de tenis, se la pasé por la cabeza y luego volví a subirla para retirarle el cabello de la cara. Tenía el cabello muy suave. Le rocé la oreja al colocarle la cinta. También era muy suave. Le ajusté la cinta y después di un paso atrás para admirar mi obra, pero, antes de poder levantar la mirada, los ojos de Sadie me atraparon.

Eran grandes, estaban abiertos de par en par y me contemplaban con lo que creo que era un gesto de sorpresa. Sentí una opresión en el pecho. Era una sensación incómoda, como si me estuviera estrujando. Era la misma sensación que tuve cuando cayó sobre mi pecho la semana anterior. La miré. O sea, la miré bien. Tenía una facha ridícula, adorable y un tanto bobalicona. Era la única manera de describirla. Llevaba una camiseta estúpida con la torre inclinada de Pisa, unos jeans rotos y sus incombustibles tenis viejos con las agujetas desatadas y oscuras de la suciedad, todo coronado por mi cinta de color naranja fosforecente.

Tragué saliva. Tenía un nudo en la garganta. ¿Qué demonios estaba sucediendo? Seguimos mirándonos fijamente y el silencio que surgió entre nosotros se fue volviendo más incómodo con cada segundo que pasaba. Quise desviar la vista, dirigirla hacia otro lado, pero no podía. Tenía los ojos pegados a ella, y ella los tenía pegados a mí. Me estremecí, como si me hubiera atravesado un fantasma. Comenzó a dolerme la vista por no parpadear, pero algo me decía que no lo hiciera. Que, en cuanto parpadeara, aquel momento terminaría.

¿Qué momento?

—¡Ey!

Una voz interrumpió el silencio y los dos nos giramos como si nos hubiera dado el susto de nuestras vidas.

Jarrod. El maldito Jarrod estaba allí de pie y, lo peor de todo, cargando con la mochila de Sadie. ¿Qué demonios hacía con ella?

—¿Lista para irnos? —le dijo Jarrod a Sadie sin ni siquiera mirarme.

Lo dijo como si hubiera mantenido una conversación previa a aquel instante y yo no me hubiera enterado de nada. Habían estado haciendo planes. Habían estado hablando... sin mí.

—¿Adónde van? —le pregunté a Sadie. Sabía que mi tono acusador rozaba el interrogatorio, pero no pude evitarlo.

—Eh... —Le cambió la cara. Puso una expresión extraña y enseguida apartó la vista—. McKenzie maneja hoy, así que Jarrod se ofreció a llevarme a casa porque sabía que tú estarías... —fue bajando la voz y se volvió hacia Jarrod; mis ojos siguieron los suyos y miré a Jarrod a la cara—... ocupado. Sabía que estarías ocupado.

Odiaba esa cara. Era un engreído, y tuve el deseo repentino de usar su cabeza para practicar el saque.

Sadie me echó un vistazo rápido que interrumpió mis pensamientos.

—Mejor me voy —dijo antes de girarse y seguir a Jarrod fuera de la cancha—. Adiós. —Y se fue.

Jarrod me fulminó con la mirada a modo de advertencia antes de colgarse la mochila de Sadie al hombro de una manera superposesiva y alejarse de allí. Yo me quedé quieto, viendo cómo Sadie se marchaba. Lejos de mí y con ese Jarrod. Me llevé la mano al estómago porque se me revolvía y me dolía. Quise salir corriendo detrás de ella, tomarla del brazo, detenerla y, y...

Justo antes de girar la esquina y desaparecer, Sadie me miró por encima del hombro. Nuestros ojos se encontraron durante una milésima de segundo, y luego ella desapareció.

Me sentí muy solo. Como si me hubiera arrancado una pequeña parte de mí.

22
Sadie

Me quedé de pie, en el centro de mi habitación, mirándome en el espejo. Aún llevaba puesta la cinta, que seguía húmeda con su sudor. Una persona normal pensaría que era algo asqueroso, pero yo... Yo pensaba que era el mejor regalo que me había hecho. Cerré los ojos y traté de recordar el momento que habíamos compartido, antes de que Jarrod hubiera aparecido y todo se hubiera vuelto tan incómodo.

Connor me había mirado a los ojos. Durante unos segundos pareció estar sorprendido, pero luego se me había quedado mirando fijamente. Sin pestañear. ¿En qué diablos estaba pensando? Para mí, esa mirada me devolvió a aquella noche. La noche del beso. Me sentí transportada a aquel momento, cuando Connor me había envuelto con sus brazos.

Oí un sonido en la ventana y me asusté. Era Connor. ¡Carajo! Me quité la cinta y la lancé al otro lado de la habitación. ¿Por qué diablos había hecho eso? Pero, a medida que su cuerpo atravesaba la ventana con torpeza y caía sobre el suelo, me di cuenta de que no era él.

—¿Brett?

—Ay... —se quejó de dolor—. ¿Cómo pueden hacer esto todo el tiempo? ¡Maldición!

Me agaché para ayudarlo a levantarse.

—¿Qué haces aquí?

—Vine a salvarte el trasero, Sadie —anunció antes de desplomarse sobre mi cama.

—¿De qué hablas?

Recorrió la habitación con la mirada.

—¿Connor está aquí?

—No. ¿Por qué?

—Porque no quiero que se entere de lo que te voy a decir... jamás.

—Bueno...

Me senté a su lado, vacilante.

—Lo sé todo, Sadie. Sé que lo besaste, que eres tú la que le manda los correos electrónicos y que, encima, te inventaste toda esa historia de que tus padres se divorciaron para darle falsos consejos.

—¿Qué? —Bajé de la cama de un salto—. Tú... ¿cómo...?

Brett me miró y puso los ojos en blanco.

—Es más que obvio, Sadie. Lo habría adivinado aunque no hubiera estado detrás de ustedes cuando lo besaste y lo hubiera visto todo.

—¿Viste el beso?

—¡Sí! Fue casi pornográfico.

—Mierda. —Agaché la cabeza. Me sentía completamente avergonzada. Claro que lo sabía. Ahora todo tenía sentido. Tal y como se había estado comportando... Lo sabía.

—Además, sé que llevas enamorada de él desde... Bueno, desde siempre.

—¿Tan obvio es? —quise saber, preguntándome quién más estaría al corriente. Mi padre lo sabía, McKenzie lo sabía... ¿Todos en la escuela también?

—Está claro que para él, no —respondió Brett volviendo a poner los ojos en blanco—. Pero no vine aquí para discutir eso. Vine a evitar que cometas el mayor error de tu vida. Tienes que acabar con este lío de los emails. ¡Ahora mismo! Esa tontería solo los va a separar más. ¿Qué crees que pasará cuando descubra que eres tú y que le has mentido? Esto ha llegado demasiado lejos, Sadie. Quiero decir, ¿cómo diablos crees que vas a salir de esta?

Negué con la cabeza.

—No lo sé, Brett.

Tenía razón. Todo aquello había llegado demasiado lejos, pero ahora no podía deshacerlo.

—¿Qué sugieres que haga?

—Borra la cuenta y no vuelvas a escribirle. No puede enterarse de esto. Yo no se lo diré, no te preocupes. Pero esto tiene que acabar aquí y ahora. Sabes que es lo correcto.

Asentí. Enviarle correos electrónicos a Connor había sido la única forma de decirle cómo me sentía. Si borraba la cuenta, ya no podría hablar con él de esa manera.

—¿Y qué pasará con él si simplemente desaparezco?

—Lo superará, créeme —afirmó Brett al tiempo que se levantaba y me ponía un brazo sobre los hombros—. Además, no está enamorado de verdad de esa chica.

—¿No? —pregunté, sin saber si debía alegrarme o sentirme rechazada.

Brett negó con la cabeza.

—Connor está pasando por un momento complicado. Solo está confundido y busca apoyo y reafirmación en cualquier cosa.

—Vaya... —Miré a Brett—. ¿Has estado estudiando psicología en secreto?

—No. Solo es sentido común, Sadie. Aunque está claro que tú no tienes mucho de eso.

Empecé a asentir despacio, tratando de procesarlo todo, intentando averiguar cómo me sentiría cuando borrara la cuenta. Se me hizo un nudo en el estómago.

—Pero... Pero... —Noté que una lágrima se me deslizaba por la mejilla.

—Te entiendo. Por fin pudiste decirle cómo te sientes, y él te contestó con cosas bonitas. Pero no es real, Sadie. No tendrás ninguna oportunidad si la chica de canela y menta sigue viva.

—No tenemos ninguna oportunidad de todas formas.

Se produjo una pequeña pausa.

—Yo no estaría tan seguro.

Alcé la cabeza de repente y miré a Brett.

—¡No digas tonterías!

Brett me sonrió.

—Esa parte déjamela a mí.

—¿Qué quieres decir? ¿A qué parte te refieres?

Sentí una pequeña chispa de esperanza, pero la apagué enseguida. Ya bastantes ilusiones me había hecho, y siempre acababa saliendo lastimada. Además, aunque la chica de canela y menta no fuera real, la había elegido antes que a mí. Había elegido contarle cosas que a mí aún no me había contado. A su mejor amiga. Y ahora estaba el tema de Jarrod. De repente me entraron ganas de llorar.

Sentí que Brett me observaba, y lo miré.

—Connor está ciego. Solo tiene que verlo. Verlo de verdad.

—¿Ver el qué?

Empezaron a temblarme las piernas. ¿A qué se refería? ¿Insinuaba que Connor..., que él...? Ni siquiera me atrevía a pensarlo.

—Tú deja que yo me ocupe de eso, pero me tienes que prometer que vas a matar a la chica de canela y menta esta noche. Nadie más se puede enterar de esto. —Brett me tomó de la mano—. Y no te preocupes. Me llevaré este secreto a la tumba.

Lo abracé. Brett siempre había sido un buen amigo, pero hasta ese momento no me había dado cuenta de lo buen hombre que era. Algún día, haría muy feliz a una chica.

—Ven, acompáñame a casa. Mi madre está preparando macarrones con queso y creo que preferirás venir y cenar eso que quedarte aquí.

—Crees bien. —respondí, agarrándome de su brazo y dirigiéndome a la puerta—. Pero ¿y si esta vez bajamos por la escalera?

Cuando volví a casa, lo primero que hice fue sentarme delante de la laptop para borrar la cuenta de Gmail. Brett tenía razón, y una parte de mí se sintió aliviada por haber terminado con aquella misión tan loca. Sabía que me había hundido tanto en el lodo que me iba a resultar casi imposible salir y que esta era la única forma de conseguirlo. Pero algo no encajaba. Mi laptop no estaba bien cerrada. Qué raro. Miré a mi alrededor y vi que alguien había tirado las plumas de mi escritorio y había una en el suelo.

—¿Y esto?

Quizá les había dado un golpe al lanzar la cinta de Connor.

Ignoré aquello tan extraño, recogí la pluma y abrí la laptop.

23
Connor

Me quedé de pie en medio de la habitación. ¿Qué demonios había pasado con Sadie en la cancha de tenis? Me apresuré a revisar el celular, pero esta vez no para ver si la chica de canela y menta me había escrito. Esperaba algún mensaje de Sadie.

¡Ninguno!

Me paseé un poco, pero luego corrí hacia la ventana y miré fuera. Sus cortinas estaban corridas. Era tarde, así que seguro que estaba en casa. Tomé la pistola de balines y disparé. Me temblaban tanto las manos que fallé. Volví a disparar. Fallé otra vez. ¡Rayos!

Afiné la puntería e intenté mantener la mano firme. ¡BAM! Le di, así que esperé a que Sadie corriera la cortina. Estuve esperando una eternidad. Volví a disparar. Luego, otra vez. Aún nada. Estaba desesperado por hablar con ella.

Entonces caí en la cuenta: seguramente estaría con Jarrod. Todo era un desastre. ¿Por qué salía con ese tipo? Se suponía que debería salir conmigo. En ese momento deberíamos estar en su habitación comiendo chocolate y jugando videojuegos, viendo Netflix y platicando. Riendo. Haciendo lo que siempre hacíamos juntos...

De repente fui incapaz de expresar con palabras lo que me pasaba por la cabeza. No hacían más que venirme a la mente imágenes de Sadie y de mí mirándonos en la cancha de tenis, y también empezaron a surgir otros momentos que habíamos pasado juntos, uno tras otro. Estaba contemplando una presentación con diapositivas de toda nuestra relación, desde el mismísimo principio hasta la actualidad.

Quería escribirle, pero no sabía qué decirle. Y tampoco quería oírla decir que estaba con Jarrod. Me senté en la cama para intentar tranquilizarme, para acallar lo que fuera que estuviera pasando en mi interior, pero en cuanto me ponía a pensar en Sadie y en dónde podía estar, mi corazón comenzaba a latir con fuerza y la ansiedad se apoderaba de mí.

Tenía un torneo al día siguiente. Necesitaba concentrarme. Fuera lo que fuera aquello, no podía estar pasándome en ese momento... Así que enterré esos pensamientos tanto como pude y bajé la escalera para picar de algunas de las sobras que había en la nevera.

Me despertó un mensaje justo cuando había logrado dormirme. Tan agitado estaba cuando tomé el celular que lo tiré del buró. Cayó debajo de la cama, así que me arrastré por el suelo, incapaz de sacarlo de allí con la suficiente rapidez.

No era Sadie, sino Brett. Decir que me decepcionó sería quedarse corto. Pero ¿qué demonios hacía Brett escribiéndome a las 23:30?

Brett
¡Tienes que venir a mi casa
pero ya!

Pero ¿qué...? No jorobes...

Brett
¡YA!

Connor
Ni de broma. El torneo es
mañana.

Brett
Esto es más importante.
Se trata de Sadie.

De pronto me asaltó el pánico.

Connor
¿Está bien?

Brett
Sí, está bien, pero necesito que
veas algo. Ven por la puerta de
atrás.

No hizo falta que siguiera convenciéndome, así que tomé algo para taparme, bajé por la celosía a toda prisa y me eché a correr hacia la casa de Brett. Llegué en apenas cinco minutos. La rodeé para acercarme a la puerta de atrás, donde Brett me esperaba de pie para acompañarme adentro.

—Shhh. —Colocó un dedo sobre sus labios y lo seguí por la casa, intentando no hacer el menor ruido.

Me llevó a una habitación de invitados situada en el otro extremo, que hacía las veces de cuarto de edición de Brett. El año anterior se había comprado una elegante Mac y la había colocado allí, así que ahora se pasaba horas haciendo peliculitas extrañas y demás tonterías. Una vez dentro, Brett cerró la puerta y habló.

—Bien, Connor Matthews, me gustaría que tomaras asiento. —Señaló una silla delante de una televisión colgada de la pared.

—¿Qué pasa?

—Lo que pasa es que tú y yo vamos a ver una película para que abras los ojos de una maldita vez. ¿Palomitas? —Tomó un tazón tras él y me lo ofreció. El tipo había hecho palomitas de verdad.

Dije que no con la cabeza.

—Estoy bien así.

—Bueno, pero, antes de empezar, solo quiero que sepas que esto podría cambiar tu vida por completo. Debería hacerte firmar un formulario de indemnización o alguna cosa de esas primero.

—¿Qué quieres decir? —quise saber.

—Quiero decir que, una vez que veas lo que te voy a enseñar, tu vida podría no volver a ser la misma.

—Eso suena un poco... —No logré encontrar la palabra adecuada.

—¿Puedo ponerla ya? —preguntó.

—Bueno. —Asentí tímidamente—. Supongo.

—No. Respuesta incorrecta, Connor. Deja de suponer. ¿La pongo ya o no?

—Bien. —Asentí—. Sí —contesté entonces con firmeza.

—Bien. Hagámoslo.

Presionó el botón de reproducción y la pantalla cobró vida. Apareció una imagen que cubrió toda la televisión, una que reconocí enseguida: era una foto en blanco y negro de Sadie y mía, pero de hace unos años.

Recordé aquel momento de inmediato. Unos veranos atrás, estuvimos un día entero nadando en el lago. Sadie llevaba el cabello en picos y yo no paraba de hacerle bromas sobre ese corte tan ridículo. Así que aquí estaban las imágenes que había filmado Brett... Me giré hacia él, pero tronó los dedos y volví a mirar la pantalla justo a tiempo para ver unas palabras sobre ella.

Esta es la historia de un chico y una chica.

—¿Qué es esto?
—Atiende —me ordenó.
Y eso hice.
Estaba persiguiendo a Sadie, que se reía a carcajadas hasta que la atrapé y la empujé al agua, antes de emerger los dos riéndonos.

Pero no es una historia de amor común.

—¿QUÉ?
Me giré de golpe otra vez y miré a Brett. Él me lanzó una palomita y señaló de nuevo la pantalla.

En la pantalla se sucedieron diversas situaciones en un montaje un tanto extraño. En todas ellas, Sadie y yo nos sonreíamos el uno al otro y reíamos. En todas ellas, ella me miraba como si..., como si... ¿Qué rayos...?

Me miraba como si estuviera...

Lancé un grito ahogado y me llevé la mano a la boca. El corazón comenzó a latirme cada vez más y más deprisa.

—¡Mierda!
Me giré de nuevo para mirar a Brett, y esta vez asintió con la cabeza.

—¡Pues sí! Es increíble lo ciego que puedes llegar a estar, aunque lo hayas tenido delante de la cara todo el tiempo.

Volví a centrarme en la pantalla y aparecieron más palabras.

Porque él no sabe que ella está enamorada...

La televisión mostró varias fotos de la cara de Sadie, una detrás de otra. Salía riendo en todas ellas, siempre con la misma expresión, y estaba tan... preciosa... ¡Dios mío! Era como si no la hubiera visto nunca de verdad hasta ese mismo momento.

Y tampoco sabe que él
también está enamorado...

Otro grito ahogado escapó de mi boca mientras contemplaba las escenas que había grabado de los dos juntos a lo largo de los años. Yo acercándome con sigilo a Sadie en la cafetería, caminando con un brazo echado sobre sus hombros, trepando por su celosía, saludándola con la mano, llevándole la mochila a clase. Cosas cotidianas que había dado por sentadas.

¡Pero lo está!

Y entonces, las imágenes siguientes transcurrieron en cámara lenta. Era Sadie, y estaba bailando. Recordé aquella noche. En Giovanni's. Su cumpleaños. Una de las pocas veces que la había visto con un vestido, y no paraba de sonreír y dar vueltas junto a aquel viejo mafioso tan desaliñado. La imagen se congeló en un primer plano del rostro de Sadie. Le brillaban los ojos, sonreía de oreja a oreja y tenía algunos mechones de cabello sobre la cara.

Y AHORA, ¿QUÉ DEMONIOS VA A HACER
ESE IDIOTA AL RESPECTO?

Fin: Un cortometraje del legendario cineasta
y ganador de un Óscar, Brett

Brett apagó la tele mientras yo permanecía inmóvil en la silla. Conmocionado. Sadie estaba enamorada de mí. Estaba enamorada de mí, y yo...

¿Lo estaba? ¿La quería?

Cuando al fin me di cuenta, el golpe fue tan brutal que me dejó sin aliento. Todos aquellos años. Pensé en todas las chicas con las que había salido. Ninguna había durado mucho. Ninguna de ellas estaba a su altura. Al final siempre me alejaba de ellas para estar con Sadie. Era ella. *Sadie.* Siempre había sido ella.

La cabeza empezó a darme vueltas. El corazón se me aceleró. Me sudaban las manos. Se me secó la boca. Me temblaban las piernas... Estaba... estaba enamorado de ella. Supongo que siempre lo había estado. Eso era lo que había estado sintiendo esa noche. Durante las últimas semanas, aquel

198

sentimiento me había estado calando lentamente pero, hasta ese momento, no había sido capaz de ponerle nombre. Ahora sí: era *amor*.

Sadie era la persona más importante de mi vida. Era la primera persona con la que quería hablar cada mañana y la última antes de acostarme. Miré a Brett. Tenía algunas preguntas que hacerle. ¿Cómo lo supo? Él se encogió de hombros.

—Cuando ves a alguien todos los días, a todas horas, y al final se convierte en una extensión de ti, resulta difícil ver lo que realmente es. A lo mejor solo necesitabas tomar un poco de perspectiva —explicó—. ¿Y bien? ¿Lo entiendes ahora?

—Sí, estoy... estoy... —Hice una pausa. ¿Iba a decirlo en voz alta?

—¿Sí? —me animó Brett—. Por el amor de Dios, dilo ya.

—Creo que estoy enamorado de Sadie —dije con timidez.

—Eh... Creo que puedes hacerlo mejor. No me decepciones, Connor.

—Estoy enamorado de ella. Quiero a Sadie. Estoy enamorado de Sadie. —Lancé un suspiro de alivio que no sabía que había estado aguantando.

Brett levantó las manos al cielo.

—¡Aleluya, oh, Señor! ¡Viva el niño Jesús!

—La tuve delante de mi cara todo el tiempo.

—¡Sí!

—Qué ciego estuve.

—¡Total!

—He sido un idiota.

—¡Amén!

—Dios, estoy enamorado hasta los huesos.

Me levanté de un salto. Sabía a la perfección lo que tenía que hacer. Era más que evidente. Tenía que poner fin a esa fantasía estúpida con la chica de canela y menta, dejar de perseguir algo que no era real y abrir los ojos ante lo que tenía delante. Sadie era real, no una chica misteriosa a la que había besado en la oscuridad y con la que intercambiaba mensajes.

—¡Tengo que irme! —Me acerqué a la puerta casi corriendo, pero antes me di la vuelta y abracé a Brett—. ¡Gracias! ¡Te debo una enorme!

Y entonces me marché de allí. Fui hacia la casa de Sadie más rápido de lo que jamás había corrido. Subí por la celosía casi volando y me metí por su ventana, pero, cuando entré, ella estaba acostada en la cama profundamente dormida.

Me acerqué y me senté a su lado con cuidado para no despertarla. Carajo, era preciosa. ¿Por qué no me había dado cuenta antes de lo guapa que era? Le puse un mechón de cabello detrás de la oreja con dulzura. Ella ni se inmutó, así que decidí no despertarla. Estaba demasiado a gusto. Pero quise dejarle una nota. Encontré un trozo de papel, le escribí un mensaje y lo coloqué en la mesita de noche. No sabía si debía hacerlo, pero...

Me arrodillé en el suelo hasta que nuestras caras estuvieron a pocos centímetros de distancia.

Me incliné hacia ella y mis labios tocaron su frente. Me moría de ganas por besarla, más que a cualquier otra persona en el pasado. Más incluso que a la chica de canela y menta. Así que le di un beso en la frente tan suavemente como pude, y me pregunté si debía arriesgarme a darle otro en los labios. No lo hice. En lugar de eso, le cubrí los hombros con el edredón y volví a salir por la ventana. Regresé a casa con una sonrisa enorme en la cara. Ahora lo tenía tan claro como el agua. Toda la niebla y la bruma habían desaparecido y, por primera vez en mi vida, veía con claridad.

«Mañana... Todo cambiará mañana».

24
Sadie

Tú, yo y una pizza de pepperoni, esta noche, ya sabes dónde. Tengo algo que decirte. Un beso.

Parpadeé varias veces y me quedé mirando la nota. Tenía los ojos pegajosos después de dormir y aún no me había despertado del todo. ¿Cuándo había estado Connor aquí? ¿Y qué quería decirme?

Me empezó a latir muy deprisa el corazón. ¿Y si era algo malo? No me gustaba nada cómo sonaba eso, ¿y por qué me había dejado una nota en vez de despertarme? ¿Había descubierto que yo era la chica misteriosa? Mi celular sonó y me imaginé que sería un mensaje tempranero de Jarrod para preguntarme si iba a salir con él esa noche. ¿Por qué había aceptado?

Connor
Buenos días. :) :) :)

Miré por la ventana y vi a Connor sentado en el alféizar de la suya, con los pies colgando hacia fuera. Lo saludé con la mano, y él me sonrió. Se comportaba de una forma extraña.

Connor

Parpadeé varias veces al ver el mensaje que acababa de llegarme.

Sadie
Eh... ¿Qué rayos es eso?

Connor
Una flor.

Sadie
Sí, ya veo que es una maldita flor.
Pero ¿por qué de repente me
envías emojis de flores?

Puse los ojos en blanco desde el otro lado del jardín.

Connor
Porque no tengo una de verdad
ahora mismo.

Sadie
Pero ¿qué mierdas dices?
¿Te drogaste o qué?

204

Connor
No, pero me siento
como si lo hubiera hecho.

Sadie
¿Qué?

Corrí a la ventana y la abrí para verlo mejor. Dios, sí que parecía que estuviera drogado. Tenía una expresión ñoña y una sonrisa de idiota pintada en la cara.

Sadie
Ahora en serio, ¿estás bien?

Connor
Nunca he estado mejor.

Y entonces me di cuenta de lo que pasaba. Hoy era el torneo y la chica misteriosa le había prometido que iría a verlo. Seguramente sonreía como un idiota porque creía que iba a verla. Me obligué a devolverle la sonrisa, pero, por dentro, se me rompió el corazón. Otro mensaje iluminó mi pantalla. Esta vez era de Brett.

Brett
Recuerda que está muerta y
enterrada. Y no es una vampira.
No la revivas y olvídate de ella.
Si lo haces, algo bueno sucederá.

¿Qué ocurría esa mañana? ¿Por qué todo el mundo actuaba como si hubiera estado fumando marihuana?

Connor
Entonces, ¿nos vemos esta noche?
☺

¿Un guiño?

Sadie
En serio, ¿estás bien?

Connor
Ja, ja, ja. Qué graciosa eres. ☺
Nos vemos en clase.

Connor volvió a meterse por la ventana y se despidió de mí con la mano. Para ser sincera, estaba confundida. Quizá incluso un poco preocupada. Decidí mandarle un mensaje a Brett.

Sadie
¿Por qué están tan raros Connor
y tú esta mañana?

Brett
Mmm... Tendrás que esperar
para descubrirlo...

¡Puntos suspensivos! ¿Qué se suponía que estaba pasando? Para entonces, ya empezaba a enfurecerme, y me enojé aún más cuando vi que McKenzie iba a atacarme con todo su armamento esa mañana.

—Vaya... Creo que Jarrod y tú son muy lindos juntos —dijo con tono burlón.

Mi madre levantó la mirada de su café con leche vegana.

—¿Vuelves a salir con Jarrod? Qué maravilla. Es un gran chico. Y de buena familia. Su padre es el director de una empresa de inversiones. Muy respetable.

—Jarrod y yo solo somos amigos...

—Con beneficios —murmuró McKenzie entre dientes.

—Nunca he salido con él, ni antes ni ahora —repetí mientras le lanzaba una mirada asesina.

—Ah, claro, se me olvidaba que estás tan enamorada de Connor que no puedes salir con nadie más. Qué tonta soy.

Me sonrió de una manera que logró que se me revolvieran las tripas. ¿Por qué tenía que ser tan cruel? Siempre era cruel, pero esta vez había algo más.

—¡Me voy caminando a clases! —Me levanté de la mesa y me fui. Sabía que llegaría tarde por ir a pie, pero me daba igual. Todo el mundo actuaba de forma extraña esa mañana, incluso mi hermana, y yo necesitaba un poco de aire fresco. Llegué a la escuela media hora después de que sonara la campana y me puse a subir los escalones a toda prisa. No obstante, cuando estaba a punto de llegar al final de la escalera, noté que alguien me agarraba del brazo. Me caí hacia atrás y unas manos me recogieron.

—¿Adónde vas?

Era Connor, y seguía luciendo aquella dichosa sonrisa bobalicona.

—Pues... a clase, como tú.

—Te estaba esperando.

Y entonces sucedió algo de lo más extraño que me detuvo el corazón. No, de hecho, detuvo toda mi existencia, el universo entero y cualquier otro multiverso que pudiera existir.

Connor me abrazó y me atrajo hacia él. Yo me quedé sin aliento al verme tan cerca de él. Estábamos completamente pegados el uno al otro y nuestras caras se habían quedado a unos pocos centímetros. Me miraba fijamente y de una forma muy intensa. Era como si tratara de penetrar en mi mente con los ojos para mandarme un mensaje telepático. Bajó la mano y la colocó en la parte baja de la espalda, como la noche que nos besamos.

—Eh... —me limité a murmurar.

—Eh, ¿qué?

—¿Qué...? ¿Qué... estás... haciendo?

De pronto noté que movía en círculos la mano que había colocado en la parte baja de mi espalda y se me escapó un gemidito.

«Espera... ¡para!»

¿De verdad estaba pasando? Debía de estar soñando, seguro que estaba dormida. O estaba muerta y aquello era el más allá, porque parecía que Connor Matthews estaba a punto de besarme. ¡A mí! Tenía tantas preguntas por hacerle, pero estaba demasiado ida para recordarlas. Así que cerré los ojos y me acerqué a él. Llevaba años esperando aquel momento. Técnicamente ya lo había besado, pero no siendo yo. Seguí acercándome a él, y él debió de hacer lo mismo porque, de repente, noté su aliento cálido sobre mis labios. Me estremecí y...

¡RIIIIIIIIIIIIIIIIIIN!

La campana nos hizo dar un salto en direcciones opuestas. Estábamos justo debajo de ella, y el sonido era tan fuerte que ambos tuvimos que taparnos las orejas con las manos.

—Connor Matthews y Sadie Glover.

No necesité ver quién era. Aquella voz era la del señor Cangrejo. Bueno, así era como lo llamábamos.

—A clase los dos, ya.

Me giré y miré a Connor con desesperación. Me devolvió la misma mirada.

—¡Ahora! —El señor Cangrejo alzó un poco la voz.

No quería separarme de Connor. No en ese momento, cuando habíamos estado tan cerca. Seguí mirándolo, y él a mí.

—¿Quieren que los castigue a los dos esta tarde?

Eso devolvió a Connor a la realidad. Esa tarde tenía un partido.

—No, señor. Ya vamos. —Después, me dedicó una última sonrisa antes de salir corriendo por el pasillo.

Mi primera clase estaba en la dirección opuesta, así que yo también corrí. Pero en cuanto estuve fuera del campo de visión del señor Cangrejo dejé de correr y me recliné contra la pared, sin aliento. El corazón me iba a mil y todos los nervios de mi cuerpo estaban de punta. ¿Estaba pasmada o en éxtasis?

¿Qué demonios?

Quería gritar, quería llorar. Quería ponerme a cantar y bailar y deslizarme por una de esas barras de bomberos. ¿Connor acababa de intentar besarme? ¿Eso había pasado de verdad?

Me vibró el bolsillo y saqué el celular.

Connor
Por si aún te cabe alguna duda, sí,
quería besarte. Tengo que decirte
una cosa más tarde...

Sadie
Dímelo ya. No puedo quedarme
esperando.

Connor
Pero quiero decírtelo en persona.

Sadie
¿Por quééééé?

Connor
Porque no puedo decirte por
primera vez que estoy enamorado
de ti en un mensaje... ☺

Solté un grito ahogado y me llevé las manos a la boca para tapármela, lo que provocó que mi celular se cayera al suelo. Ni siquiera me molesté en recogerlo. Simplemente me quedé allí de pie con la mirada perdida. Era de verdad.

Estaba pasando de verdad.

Aquel era el día más feliz de mi vida, el momento más alegre de mi existencia, y tuve la sensación de que debía darle las gracias a Brett por ello.

25
Connor

Era tan perfecto que no quería que nada lo arruinara, así que sabía perfectamente lo que tenía que hacer. Solo que no quería hacerlo de tal manera que acabara recibiendo una cachetada en la cara o algo peor. Tenía que encontrar a Brett. Él parecía ser ahora el chico de referencia al que pedir consejo sobre relaciones. Por suerte, lo encontré entre clases.

—Brett..., tienes que ayudarme, por favor.

—¿No te he ayudado ya para toda la vida?

—Sí, pero hay otra cosa.

—¿Y cuál es, si puede saberse?

—Necesito que me ayudes a cortar con la chica de canela y menta. A cortar no, o sea... No estábamos saliendo, solo tonteábamos y... Tú ya sabes qué quiero decir —expliqué mientras sujetaba el celular con una mano temblorosa.

Brett dejó de caminar y se giró para mirarme.

—¿Y cómo quieres que haga eso?

—Tengo que enviarle un correo, pero ¿qué le digo? No quiero herir sus sentimientos y... carajo,

Brett, no quiero cagarla con Sadie nada más empezar.

—¿Ubicas eso que dicen sobre ser sincero? Pues yo comenzaría por ahí.

Brett reemprendió su camino, pero lo agarré del brazo.

—Pero ¿qué le digo? ¡Por favor! —supliqué.

Él se encogió de hombros.

—¿Por qué no pruebas a buscarlo en Google? «Cómo cortar con la chica anónima que me besó en la oscuridad». No creo que esté muy arriba en los motores de búsqueda.

—Pero..., pero...

Brett detuvo mi tartamudeo al pasarme el brazo por encima del hombro con gesto tranquilizador.

—Todo irá bien. Solo dile la verdad.

Y después se fue.

El profe llegó tarde a la siguiente clase, así que tuve unos minutos de más para redactar el correo. Sin embargo, mientras lo escribía, me preocupó de pronto que aquella chica misteriosa estuviera sentada en aquella misma clase. ¡Eso sería superincómodo!

Sinceridad. Sinceridad. Bien. Respiré hondo mientras acercaba los dedos al celular.

Para: tuchicadecanelaymenta@gmail.com
Asunto: Adiós
Hola. Sé que te sorprenderá leer este correo.
Todo esto ha sido también una sorpresa para mí.

Anoche pasó algo que me hizo darme cuenta de que esto que hay entre nosotros no puede continuar. Sé que hemos estado enviándonos mensajes, pero tengo que poner fin a esto. Te estaré eternamente agradecido por todos los consejos y la ayuda que me brindaste con el divorcio de mis padres, y nunca olvidaré ese beso en la oscuridad, pero tengo que seguir a mi corazón, y este pertenece a otra persona. Lo siento, te deseo lo mejor.

Connor

El corazón me palpitaba mientras releía el mensaje sin cesar. Sonaba raro, casi formal, pero tenía que hacerlo. Así que cerré los ojos y le di a enviar, confiando en que no sonara a mi alrededor ninguna notificación de correo. Lo envié y esperé.

No oí ningún pitido. Estuve a punto de derretirme sobre el suelo del alivio. Eso era una buena señal. Pero pocos segundos después de enviarlo recibí una respuesta. Era un informe de error. Esa dirección de correo no existía. ¿Cómo que no? ¿Acaso la chica de canela y menta la había eliminado?

A lo mejor lo había hecho porque había decidido revelar su identidad en el torneo. O quizá porque ya no le gustaba. Crucé los dedos por que fuera la segunda opción.

Las clases transcurrieron a paso de tortuga, y no lograba concentrarme de ninguna manera. Lo único que quería hacer era besar a Sadie. Pero justo aquel día no iba a poder verla. No coincidíamos en ninguna clase y, debido al torneo, a la hora de comer tendría que irme directo a las pistas para las rondas eliminatorias. En cierto momento de la mañana, conseguí acercarme lo suficiente a Sadie para rozarle la mano al pasar junto a ella. Deseaba con desesperación volver a abrazarla y esperé que hubiera cambiado de opinión sobre lo de venir al torneo. Me moría por verla una vez que hubiera terminado.

A pesar de su bravuconería, gané a Chase en las rondas eliminatorias sin apenas sudar. Creo que estaba nervioso, porque su temperamento durante el partido estaba completamente fuera de lugar. Me parece que ver al cazatalentos paseándose de aquí para allá al otro lado de la valla lo alteró. La verdad es que sentí lástima por él. Sin duda alguna fue el peor partido de tenis que había jugado en su vida, pero me dio esa pizca adicional de seguridad que necesitaba para entrar en semifinales y comerme con papas al siguiente oponente. La cereza del pastel fue el mensaje que recibí de Sadie justo antes de entrar en la cancha para jugar la final.

Sadie
Estás jugando muy bien. En cuanto ganes, quiero darte una cosa. Besos.

El corazón me dio un vuelco al buscarla entre la multitud. Que Sadie me dijera que quería besarme era un millón de veces mejor que cualquier beso real que pudiera darme en la oscuridad. Todo aquello había comenzado porque había estado buscando a la chica de canela y menta, pero, en lugar de encontrarla a ella, había encontrado a Sadie. Entré en la cancha y eché un último vistazo. Sadie estaba en las gradas, con una sonrisa traviesa en la cara. Maldita sea.

Intenté no pensar en ello mientras jugaba, pero, cada vez que levantaba la mirada durante el partido, no podía evitar transportarme a ese lugar feliz donde solo estábamos Sadie y yo. Sentí la tentación de lanzarle un beso, pero todos me estaban mirando y todavía tenía una vaga reputación que mantener. No obstante, ver a mi padre entre la gente me hizo volver a poner los pies en el suelo.

Me esforcé por no pensar en él mientras jugaba. En realidad, no estaba utilizando el cerebro para seguir adelante; únicamente confiaba en la memoria muscular que había ido perfeccionando con los años, tras cientos de horas de práctica. Y menos mal.

Cuando realicé el último golpe del partido, una potente volea por encima de la cabeza, la pelota botó y salió del recinto al atravesar la valla por arriba; supe entonces que había ganado el partido. También me percaté de que el cazatalentos estaba manteniendo una conversación muy intensa con alguien por teléfono.

La gente debió de pensar que me daba igual ganar. No me tiré al suelo ni levanté el puño ni lo celebré de ninguna manera. Simplemente salí de la cancha corriendo y me fui directo a Sadie, preparado para tomarla de la mano y huir de todo el mundo. La miré fijamente y la muchedumbre que la rodeaba desapareció. Era la única persona que existía. Al menos hasta que McKenzie se me puso delante y me paró en seco.

—¡Felicidades! —exclamó—. Estuviste alucinante. —Me rodeó con los brazos y me abrazó.

Creo que nunca nos habíamos abrazado, y lo alargó tanto que se me hizo eterno.

—Al final sí fui tu talismán.

Aquellas palabras me golpearon con gran dureza, igual que el fuerte olor a menta y canela que salía de su boca. Ese olor me mareó y casi me revolvió el estómago. Alejé la mirada de McKenzie, desesperado por encontrar a Sadie. Se estaba acercando con rapidez, y parecía aterrada.

Entonces, todo se volvió surrealista e irreal. No, más bien espeluznante. Miré de nuevo a McKenzie, que asintió, sonrió y abrió la boca para que me llegara bien el olor del chicle. Su boca se movía, pero no oí lo que decía. Lo único que captaba era la canela y la menta. La menta y la canela. Estaba por todas partes y, por un momento, sentí que me asfixiaba.

Sadie nos alcanzó antes de que pudiera confirmar que su gemela era la chica misteriosa.

—¡McKenzie! ¿Qué haces?

—Solo vine a felicitar a Connor —contestó, y se giró para dedicarle una sonrisa a su hermana.

Vi a Sadie tomar aire profundamente por la nariz. Su expresión cambió y adoptó una forma que jamás había visto.

—¡McKenzie! —Sadie sonaba desesperada—. ¿Qué estás haciendo?

McKenzie se giró hacia Sadie. Dios mío, si las miradas mataran... ¿Qué estaba pasando?

—¿Por qué? —Sadie miró a McKenzie y, en serio, parecía que fuera a estallar en llanto.

—Por qué, ¿qué? —pregunté yo, mirando a una y a otra intermitentemente.

—Bueno —dijo McKenzie con tono burlón—, ¿se lo vas a decir tú o se lo digo yo?

—¿Decirme qué? —insistí.

Y entonces Sadie me miró a los ojos. La alegría que había mostrado en las gradas había desaparecido. Se la veía desesperada. Sus ojos parecían suplicarme.

—Connor, yo... te lo puedo explicar.

Se le quebró la voz y se le llenaron los ojos de lágrimas.

¿Explicar qué? ¿Qué rayos estaba pasando?

—¿Connor Matthews? —Una mano me tocó el hombro para llamarme la atención. Había llegado el cazatalentos—. Soy Brian Evans, y debo reconocer que tu forma de jugar me impresionó. Si tienes tiempo, me encantaría hablar contigo.

Estaba en piloto automático. Le tomé la mano y se la estreché. Mientras tanto, Sadie arrastró a McKenzie detrás del edificio del club de tenis.

26
Sadie

Todo mi mundo se tambaleaba, como si un meteorito acabara de aterrizar en él y hubiera explotado a mis pies. El olor a menta y canela era muy intenso. Lo ahogaba todo.

—¿Por qué hiciste eso? —le grité. Estaba fuera de mis casillas—. ¿Cómo sabías que...?

De repente me acordé de la pluma en el suelo y de la sensación de que alguien había toqueteado mi escritorio.

—Tú... Tú te metiste en mi habitación y registraste mi computadora. Lo leíste todo, ¿verdad?

McKenzie parecía divertirse con aquello, y me entraron ganas de darle una cachetada para borrarle la sonrisita de la cara.

—No debiste haber dejado la sesión iniciada —me provocó.

Perdí el control. La tomé por los hombros y la estampé contra la pared del club.

—¿Por qué? —aullé, tratando de frenar las

lágrimas de rabia—. Estábamos a punto de... Él iba a... Y yo borré la cuenta, no iba a enviarle más mensajes de esos, así que ¿por qué? ¿Por qué lo hiciste? Carajo, no puedo creer que me hayas hecho esto. Eres una mentirosa.

McKenzie me apartó de un empujón.

—¿Mentirosa, yo?, el comal le dijo a la olla. Tú le mentiste, Sadie. Fingiste ser alguien que no eras. ¿«Tu chica de canela y menta»? ¿En serio? Ni siquiera le pusiste un buen pseudónimo... Y luego te inventaste toda la historia de que tus padres se habían divorciado y le mandaste todas aquellas idioteces fingiendo que lo entendías, que sabías por lo que estaba pasando... —Su tono era de burla—. En serio, Sadie. No me imaginaba que pudieras ser una impostora tan buena. ¡Debería darte vergüenza! —Escupió esas últimas palabras como si fueran veneno. Volaron por el aire y se me clavaron como si fueran un millón de agujas afiladas. Era insoportable, pero...

Tenía razón. Por mucho que la odiara en aquel momento y que deseara que jamás hubiera nacido, tenía razón. ¿Qué esperaba que fuera a pasar? Los secretos siempre encuentran la forma de salir a la luz. Y siempre lo destruyen todo. Los secretos son destructivos.

—¿Sadie...?

Alcé la vista, y Connor estaba allí parado. Noté como si me arrancara el corazón y se rompiera en un millón de pedazos. Jamás me había mirado con aquella expresión. Tan pálida. Tan llena de asco. Tan confusa.

—¿Eras tú la que me enviaba esos correos? —me preguntó en voz muy baja, apenas audible.

No sabía qué hacer, pero asentí levemente.

—Por favor, dime que no es verdad. —Su voz denotaba desesperación—. Dímelo...

—Connor, lo siento mucho. Yo...

—¡Basta! —Levantó la mano—. No, no lo puedo creer. Tú eres mi mejor amiga y nunca me mentirías de esa manera, ¿verdad?

—Yo..., yo... —balbuceé. No tenía ni idea de qué decirle para arreglarlo. ¿Acaso existía algo que pudiera decir para arreglar algo así?

—Espera, ¿también fuiste...? —En ese momento, algo más pasó por la mente de Connor. Comprendió algo. Lo entendió todo—. Si tú eras la que me mandaba esos mensajes, entonces también fuiste tú quien... —Hizo una pausa y se llevó las manos a la cabeza—. Tú me besaste —dijo por fin, como si acabara de reunir todas las piezas del rompecabezas.

Volví a asentir, aunque esta vez también me mordí el labio para intentar evitar llorar.

—Tú eras la chica de canela y menta. —Me señaló con un dedo acusatorio.

Mi mundo se hizo añicos por completo. Vi cómo sucedía. Todas las esperanzas que había tenido sobre Connor y yo. Cada sueño y fantasía... desapareció.

—¿Por qué no me lo dijiste? —me preguntó, con la voz cargada de desespero.

—No sabía cómo. Yo...

—Así que, en vez de eso, ¿decidiste que era mejor pasarte semanas fingiendo que ibas a ayudarme a encontrarla? —Connor me miró con gran estupor—. ¿Y encima te atreviste a mentirme diciendo que tus padres se habían divorciado cuando sabías perfectamente por lo que estaba pasando?

—Connor, yo... Carajo, ya sé que todo esto suena horrible, y que no lo hice bien. Me porté fatal, sí, pero estabas sufriendo mucho, y yo ya no sabía qué hacer para ayudarte. Pensé que, si tenías a alguien con quien hablar, alguien con quien pudieras sentirte identificado... Yo solo quería hacerte sentir mejor. Solo intentaba...

—¡Increíble! ¡Sadie! Es que ya ni te reconozco.

—No, no digas eso. Sabes quién soy, soy tu mejor amiga.

—¿Mi mejor amiga? Pensaba que los mejores amigos no se mentían. —Soltó aquellas palabras con tanta rabia que no fui capaz de seguir conteniendo las lágrimas, por lo que empezaron a rodar por mis mejillas—. Bueno, tampoco pensaba que los padres pudieran mentir, pero lo hacen. Está claro que todos me consideran un idiota.

—Lo siento mucho, de verdad. —Mi voz era tan débil que apenas podía oírme a mí misma—. Sé que lo que hice está mal, lo sé, pero no sabía cómo ayudarte si no. No sabía cómo consolarte. Ha sido una estupidez y no debería haberlo hecho, pero ahora ya es tarde y... lo siento mucho.

Connor sacudió la cabeza con incredulidad, como si estuviera en negación, y dio un paso atrás. Se apartó de mí como si yo fuera una apestada.

—Connor, espera. —Me entró el pánico y di un paso hacia él, pero alzó la mano.

—No... No me vuelvas a hablar.

—Escúchame. —Estaba desesperada.

—¿Cómo pudiste hacerme esto?

Antes de que pudiera responder, se dio la vuelta y salió corriendo. Sentí que me vencían las rodillas y que estaba a punto de derrumbarme.

27
Connor

Corrí. No tenía ni idea de adónde dirigirme. Solo necesitaba alejarme de ella, y de todo el mundo.

Había sido un gran día hasta ese momento. Por culpa del rollo raro que se traían McKenzie y Sadie, me encontraba como aturdido cuando el cazatalentos me había hecho la oferta: la oportunidad de competir por una beca completa para el mejor programa de tenis del país.

Sin embargo, no llegué muy lejos, porque me di de bruces con mi padre. No lo había visto desde que se fue de casa o, más bien, desde que se esfumó de casa. No debió de percatarse de mi enojo, porque extendió la mano con gran alegría para que se la estrechara. Algo extrañamente formal.

Miré la mano, preparado para decidir si quería estrechársela o no, y fue entonces cuando me di cuenta: no llevaba puesto el anillo de boda. Me fijé en el dedo y distinguí claramente una línea blanca donde había estado durante tantos años, pero ahora... ya no estaba. Típico de él. Debió de quitárselo y tirarlo a la basura, como había hecho con todo lo que lo rodeaba, como mi madre, yo y la vida que solíamos tener. Lo tiró junto con la casa, los recuerdos, las vacaciones familiares y todos los buenos momentos que habíamos pasado.

Porque eso era lo que simbolizaba ese anillo. No solo la promesa que le había hecho a mamá, y que había roto («hasta que la muerte nos separe»), sino también la promesa que me había hecho a mí y a nuestra familia. Todo había sido una mentira. Todo. Decidí ignorarlo y alejarme de él.

—Connor...

—No quiero hablar contigo. —Miré a mi padre a la cara y me entraron ganas de escupirle.

—Por favor, no hemos tenido ocasión de hablar y me...

—No hemos tenido ocasión porque estás demasiado ocupado alejándote de tu familia, empezando una vida nueva con un trabajo nuevo en otro sitio.

Él negó con la cabeza.

—Te equivocas.

—¿Qué era eso que me decías siempre para ganar un partido? Que no me rindiera. Nunca, no hasta que lanzara la última pelota. Y mírate, qué pronto te rendiste. Después de pasar tantos años con mamá, ni siquiera quieres intentar arreglarlo.

—Es más complicado que eso, Connor.

Dio un paso hacia mí, pero yo me alejé.

—Complicado —repetí. Todo parecía muy complicado de repente. Es más, ¿en qué momento se había complicado tanto la vida?

—Vamos a cenar y lo hablamos. Deja que te explique mi versión de la historia, tal vez así podamos...

—No. No tengo nada que decirte, papá.

Le di un pequeño empujón al pasar por su lado y seguí corriendo.

28
Sadie

Observé a Connor mientras desaparecía. Quería salir corriendo detrás de él, pero era demasiado rápido y sentía las piernas muy pesadas. El pecho me subía y me bajaba como si hubiera corrido un maratón. No sabía qué hacer, así que me quedé mirando el horizonte vacío y tratando de buscarle el sentido a lo que acababa de suceder.

Oí una ramita partiéndose. Era mi hermana, o se suponía que lo era. ¿Cómo era posible que compartiéramos el mismo ADN? Casi me había olvidado de que estaba allí, y el dolor y el estupor por haber perdido a Connor se transformaron en ira de repente. Lo había estropeado todo. Bueno, no era del todo cierto, porque mis mentiras le habían marcado el camino. Pero no pensaba perdonarla por lo que había hecho, jamás.

—¿Ya estás contenta? —le pregunté mientras me acercaba a ella—. ¿Tienes idea de lo que acabas de hacer?

La mirada de McKenzie era inexpresiva. ¿Es que era incapaz de sentir remordimientos?

—¡¿Lo sabes?! —Esta vez le grité. Me daba igual dónde estuviéramos y quién pudiera oírnos—. ¿Eh? —insistí.

Entonces, se le dibujó una sonrisa en la cara. Le brillaron los ojos con pura maldad.

—Sí, Sadie. Sé lo que he hecho. Sé perfectamente lo que he hecho.

Con eso bastó. Con aquella sonrisa. Esa fue la gota que derramó el vaso y que provocó que se produjera una avalancha emocional en mi interior. Toda la ira, la frustración reprimida y las malditas esperanzas que tenía después de haberme pasado diez años enamorada de Connor. Y toda la rabia acumulada hacia McKenzie después de tantas peleas y comentarios desdeñosos. Todo aquello se apoderó de mí.

La verdad es que aún no sé cómo ocurrió, pero, cuando quise darme cuenta, me había abalanzado sobre ella y estábamos las dos en el suelo. Rodamos, nos pegamos, tiramos una de la otra y gritamos, pero también lloré. Y no lloraba solo por lo que acababa de suceder, sino por todo; por todos los años que había pasado aguantando sus provocaciones y su irascibilidad.

—¡Te odio! —bramé—. ¡Te odio!

Noté que me tomaba del cabello y lo jalaba hacia atrás. Yo me agarré de lo que pude y escuché que algo se desgarraba. Una camiseta, quizá, ¿quién sabe? Nos convertimos en un revoltijo de cabello y brazos y ya no supe dónde terminaba yo y dónde empezaba McKenzie.

—¿Qué pasa aquí?

Escuché una voz detrás de nosotras, pero no paré. No hasta que sentí dos brazos enormes que me envolvían y me apartaban de mi hermana a la fuerza. A través del cabello y las lágrimas vi al señor Jenkins jalando a McKenzie, que no paraba de lanzar patadas. Miré los brazos que había alrededor de mi cintura. Eran del señor Cangrejo.

Un montón de gente se había reunido a nuestro alrededor. ¿Cuánto tiempo llevarían ahí observándonos? Había perdido la noción del tiempo y la cordura.

—¡Si te alcanzo me vas a conocer! —le grité a mi gemela mientras trataba de liberarme del abrazo del profesor. Pero era demasiado fuerte.

Pataleé todo lo que pude mientras me arrastraban al club vacío.

—¡Aquí no hay nada que ver! —le gritó el señor Jenkins a la muchedumbre, que no paraba de burlarse y reírse de nosotras, antes de cerrar la puerta de golpe.

McKenzie y yo nos quedamos cara a cara con los dos profesores.

—¿A qué viene todo esto? —nos gritó el señor Cangrejo mientras se secaba el sudor de la frente. Parecía que le había costado bastante separarnos.

Me crucé de brazos y no dije nada. McKenzie tampoco.

—¿Se puede saber qué les pasa? —Esta vez alzó la voz aún más, miró a McKenzie, luego a mí y, después, de nuevo a McKenzie.

El señor Jenkins dio un paso adelante. Normalmente me intimidaba, pero ese día no. Mi furia desmedida ahogaba cualquier otra emoción que experimentaba.

—Si no nos dicen qué pasó —prosiguió—, las expulsaremos a las dos durante una semana. —Se cruzó de brazos, tratando de mostrarse más amedrentador.

Me giré hacia McKenzie y la fulminé con la mirada. Ella se giró hacia mí e hizo lo mismo. Sin pestañear o responderles a los profesores, ambas nos cruzamos de brazos y nos mantuvimos firmes.

El señor Jenkins alzó los brazos.

—Muy bien, se acabó. Ambas están expulsadas. Vengan a mi despacho, voy a llamar a sus padres.

Mientras el profesor abría la puerta, McKenzie pasó por mi lado y me empujó con el hombro para salir primero.

—Zorra —espetó con el volumen justo para que yo la oyera.

Dios, cómo la odiaba.

Diez minutos después, ambas estábamos apretujadas en la parte de atrás del coche de mi padre. Los deportivos no son lo ideal cuando quieres distanciarte de la persona que más odias en el mundo.

Fuimos hasta casa en silencio. Notaba que la tensión crecía por momentos. Parecía que mi padre fuera a explotar. No paraba de observarnos por el retrovisor. Deseé poder saber en qué pensaba. Me daba igual que McKenzie y yo hubiéramos hecho un alboroto en la escuela. Lo que más me dolía era que, claramente, había decepcionado a mi padre. Mi padre metió el coche en casa derrapando y, luego, se giró a mirarnos.

—Las dos, adentro. ¡Ya! —Nos llevó hasta el salón y señaló el sofá—. Siéntense.

McKenzie y yo obedecimos de inmediato. Sabía que, en ese momento, le tenía tanto miedo a papá como yo. Nunca lo había visto así. Lo observé con curiosidad mientras se paseaba de un lado a otro de la habitación, hasta que se detuvo.

—Hay algo que quiero decirles —empezó—. Quizá debería haber tenido esta charla con las dos hace años... —Se puso las manos en las caderas y nos miró.

Noté que mi cuerpo se tensaba con anticipación por lo que iba a decir.

—Antes estaban muy unidas. ¿No se acuerdan? ¿No recuerdan que se pasaban horas jugando juntas? Incluso tenían un idioma especial que nadie más podía entender. A mamá y a mí nos volvían locos, nunca sabíamos de qué hablaban. ¿Se acuerdan?

Me removí en mi asiento, incómoda. Había olvidado todo aquello. El idioma que nos habíamos inventado, que nos permitía hablar entre nosotras sin que nadie más nos entendiera. Le eché un vistazo a McKenzie. Por un momento, nuestras miradas se encontraron. Y, luego, las apartamos.

—Ni siquiera querían dormir en camas separadas —continuó papá—. Y ahora, mírense.

Hizo una pausa y nos escrutó un buen rato. De repente puso una expresión que no había visto jamás. Se le hizo un nudo en la garganta y se le nublaron los ojos.

—¿Saben la suerte que tienen? —nos preguntó con la voz quebrada.

Yo no me sentía muy afortunada en aquel momento. Al contrario. Me sentía como la persona más desdichada del planeta.

Mi padre volvió a hablar. Le temblaba la voz y se notaba que le costaba pronunciar cada palabra.

—¿Saben lo que daría yo por recuperar a mi hermano? —preguntó—. Daría cualquier cosa. Cualquier cosa por volver a pasar un día con él. Por volver a escuchar su voz. Por reírme con él, por poder volver a mirarlo. Daría lo que fuera por eso. Y ustedes aquí, desperdiciando lo que tienen como si no valiera nada. Pues sí que tiene valor. No hay nada como tener un hermano. Es uno de los mayores regalos que te puede hacer la vida, y lo sé porque sé lo que es tener uno y también sé lo que es perderlo. Y créanme cuando les digo que perder a un hermano es el peor sentimiento del mundo.

Notaba que se me cerraba la garganta y que un escozor salado me ardía en los ojos. Mi padre perdió a su hermano por culpa de un cáncer cuando era adolescente. Yo solo lo conocía por las fotos y las anécdotas que él nos contaba, pero, por lo que sabía, ambos habían estado muy unidos y mi padre no había vuelto a ser el mismo después de aquello.

Agaché la cabeza. Si veía a mi padre, me pondría a llorar.

—¿Y todo por qué? ¿Por un chico?

Mi padre se arrodilló de repente delante de mí, y yo me obligué a mirarlo. Al hacerlo, me sobrevino una oleada enorme de emoción. Le volvió a cambiar la cara, esta vez parecía más relajada.

—Un chico que lleva diez años sin verte de la forma en la que tú quieres que te vea, Sadie...

Ya no podía reprimir las lágrimas, y mi padre me agarró la mano.

—Tú vales mucho más que eso.

Con el rabillo del ojo, me pareció ver que McKenzie se acercaba a mí, pero se detuvo.

—Tú quieres viajar por el mundo. No eches eso a perder por un chico que nunca ha sido capaz de ver lo especial que eres. Y ni se te ocurra estropear la relación que tienes con tu hermana por él tampoco. No vale la pena, Sadie.

Sus palabras me atravesaban como cuchillos al rojo vivo, clavándose en las partes más dolorosas y, de repente, sentí náuseas.

Mi padre se levantó y extendió las manos.

—Los celulares. Dénmelos. —Tronó los dedos con impaciencia. Su voz volvía a ser severa.

Ambas obedecimos y se los entregamos.

—Y ahora, se van a quedar aquí hasta que lo solucionen.

Después, se fue y cerró la puerta por fuera. McKenzie y yo nos quedamos solas, encerradas en la misma habitación.

29
Connor

Trepé por el árbol y me senté en el sitio de siempre. No sé por qué fui allí, porque Sadie estaba en todas partes. Podía ver las cosas que habíamos tallado en el tronco a lo largo de los años, hasta había unas hebras de lana azul enganchadas en una rama de la vez que se le había desgarrado el suéter tejido.

Recordé el día en el que me enteré de que mis padres iban a divorciarse. Había faltado a clase para ir a buscarme y estuvimos allí sentados durante horas. No dijimos ni una palabra, pero de alguna manera me sentí reconfortado. Recorrí con el dedo una de las cosas que habíamos tallado:

C & S
Amigos para siempre

También me acordaba de aquel día. Solo teníamos doce años, y pensamos hacernos un corte en la palma de la mano para sellar nuestra amistad con sangre, pero los dos nos acobardamos y decidimos solamente escupir y darnos un apretón de manos. De hecho, si repasaba los últimos diez años de mi vida, apenas había recuerdos en los que no apareciera Sadie. Siempre había estado ahí para mí. Entonces, ¿por qué estaba tan enojado ahora?

Intenté comprender todo lo que había pasado. La última serie de acontecimientos. Ella sabía quién me había besado desde el principio; desde el día en que nos sentamos aquí y probamos todos esos chicles. Se había pasado horas escuchándome hablar sobre cómo encontrarla, y allí estaba, delante de mis narices todo el tiempo. ¿Por qué no me lo dijo sin más?

Pensé en la fiesta que había organizado con aquellas chicas. Me dejó hacerla. Y luego, los emails. Debió de estar enviándomelos mientras me tenía delante. Literalmente a mis espaldas. ¿Y cómo demonios se había metido McKenzie en todo esto? Eso aún no lo entendía.

Todo tenía muchísimas implicaciones, y algunas eran peores que otras. Sadie me había besado en aquella fiesta y no me lo había dicho. Eso podía perdonarlo. En cierto modo entendía por qué no lo había hecho. Luego había creado aquella dirección de correo y me había estado enviando mensajes haciéndose pasar por otra persona. Eso casi podía llegar a perdonarlo. Casi. Pero lo que no era capaz de perdonarle era que me hubiera mentido diciéndome que sus padres se habían divorciado.

Había utilizado esa mentira para manipular mis sentimientos, aunque su intención hubiera sido hacerme sentir mejor.

El divorcio estaba siendo muy duro y doloroso, y la idea de que mi mejor amiga se hubiera inventado una mentira sobre ese tema resultaba condescendiente. Como si estuviera burlándose de mí o se lo estuviera tomando a la ligera. Me había mentido. Eso era lo que más me dolía de todo. Arranqué una ramita del árbol. Después, otra más. Aquello me hizo sentir bien, destrozar cosas resultaba tranquilizador en ese momento. Pero cuando me quedé sin ramitas que poder romper, me agarré la cabeza con ambas manos. Carajo, qué mierda. No podía pensar con claridad. Habían sido las tres semanas más locas, agitadas y volátiles de toda mi vida. No dejaba de darle vueltas a la cabeza. Menos mal que sonó mi celular y pude salir de aquella espiral interminable. Metí la mano en el bolsillo. Era Brett.

Brett
¡No me digas que echaste
por la borda todo lo que hice,
con lo que me costó!

Se había enterado de la pelea.

Connor
¿Sabías que era ella?

Brett
¿Acaso importa que fuera ella?

Carajo. Él también lo sabía y tampoco me lo había dicho. ¿Acaso ahora todos eran unos mentirosos?

Connor
¡Claro que importa! Me mintió.
Me hizo pasar un calvario.

Brett
¿Y CREES QUE TÚ NO LE HAS HECHO
PASAR UN CALVARIO A ELLA?

Tenía preparada otra respuesta cargada de rabia y coraje, pero me quedé mirando el mensaje de Brett y sus palabras dieron en el blanco. Sí le hice pasar un calvario... durante muchos años. El celular volvió a sonar.

Brett
¿Debería haber creado ese correo
electrónico y haber fingido ser
alguien que no era, cuyos padres
estaban divorciados? ¡NO!

Brett
Pero ¿entiendes por qué lo hizo?
¡SÍ! Lo único que ella quería

era estar cerca de ti, desde
hace mucho, y lo consiguió,
aunque de una forma muy
retorcida. Fue una estupidez
y una cagada enorme, pero lo
hizo porque está enamorada
de ti hasta los huesos.

Connor
Pero me mintió...

Brett
¡Carajo, qué macho! ¡Deja de
rascarte el ombligo, Connor
Matthews! No te des esos aires de
suficiencia moral conmigo. Vete a
casa, báñate, porque seguramente
apestas, y consúltalo con la
almohada. Verás las cosas con
más claridad por la mañana.
P. D.: Voy a empezar a cobrarte
por mis consejos sobre relaciones
sentimentales.

En cuanto mencionó mi olor corporal, levanté
el brazo y me olí. Sí que apestaba. Y tenía sed.
Con todo el drama acontecido tras el partido, me
había olvidado de hidratarme, los gemelos me dolían a más no poder y sentía una punzada en un
costado. No me había dado cuenta de nada de eso

hasta ese momento. El corazón era la única parte del cuerpo sobre la que había estado pensando en las últimas horas, y me dolía muchísimo más que los gemelos.

Bajé del árbol de un salto y emprendí el camino de vuelta a casa. Me pregunté si debía enviarle un mensaje a Sadie. A lo mejor debería seguir el consejo de Brett. Seguramente no estaba pensando con claridad porque tenía el cerebro deshidratado, y desde luego estaba agotado. Después de tantos partidos y tantas emociones, caminar hasta casa parecía algo imposible.

Pero tampoco quería volver a casa. Quería ir a casa de Sadie, tirarme sobre su cama y quedarme dormido. Aquellas eran las mejores siestas, sabiendo que ella estaba allí, ocupada con el ordenador planeando sus viajes o simplemente sentada leyendo un libro. A lo mejor no estaba tan enojado como creía, después de todo. De hecho, cuanto más caminaba, menos furioso me sentía.

«No me vuelvas a hablar».

Lo que le dije aún resonaba en mi cabeza.

«¡La hiciste pasar un calvario!». Ahora también oía las palabras de Brett, y pensé en todas las veces que Sadie debía de haberse enojado conmigo. Le debió de doler mucho que le insistiera tanto en encontrar a otra chica. Dios, qué embrollo.

Aunque mi cuerpo apenas podía soportarlo, aceleré y me dirigí directamente a su casa, pasando por completo del consejo de Brett. No sabía qué iba a decirle, pero tenía que verla. Quería decirle que lo sentía y... que la quería.

Fue un suplicio trepar por la celosía, de hecho estuve a punto de perder el equilibrio en dos ocasiones. Aun así, seguí subiendo entre terribles sufrimientos y entré por la ventana, pero, en lugar de encontrarme con Sadie, me topé cara a cara con el señor Glover.

—Hola, eh... Yo solo... —farfullé.

El padre de Sadie, allí de pie y mirándome fijamente, me intimidaba sobremanera.

—Ya lo sé, lo haces casi todos los días. ¿De veras piensas que no sabemos que vienes a jugar videojuegos hasta las once de la noche?

—Eh... —Quise saltar por la ventana y huir para salvar mi vida. Si no lo hacía, estaba convencido de que me iba a sacar él a rastras.

—Siéntate, Connor.

—¿Cómo?

Con un gesto me invitó a sentarme al escritorio de Sadie, y eso hice. Fue rarísimo.

—¿Y Sadie? —quise saber, nervioso ante tales formalidades tan repentinas.

—Ahora mismo no está disponible, y no creo que lo vaya a estar durante un rato.

—¿Qué? ¿Por qué? ¿Está...?

—Está bien. Más o menos —me interrumpió.

—Bien —contesté.

—Nunca hemos tenido ocasión de hablar, ¿verdad que no? De hombre a hombre, quiero decir.

Tragué saliva. La situación se había vuelto más rara todavía.

—¿De qué quiere hablar? —pregunté con timidez. Comencé a sudar de nuevo.

—Quiero pedirte una cosa, una muy sencilla. Nunca te he pedido nada, ¿verdad?

Hablaba con calma y mucha formalidad, lo cual resultaba inquietante. No me extrañaba que se le dieran bien los negocios. Tenía una presencia realmente intimidante, el tipo de hombre al que no le podrías decir que no.

—Claro.

Hizo una pausa y se miró el reloj.

—Bueno, ahora mismo son las dos y media del viernes. —Levantó la vista hacia mí, como si yo tuviera que saber a qué se refería con eso, pero no tenía ni idea—. No quiero que hables con mi hija hasta dentro de una semana.

—¿Cómo? —grité saltando de mi asiento—. Pero eso... Eso son...

—Siete días exactos. Y cuando digo que «no hables» con ella, me refiero a nada en absoluto. Ni por teléfono ni por correo electrónico ni por mensajes de ningún tipo ni nada.

—Pero la veré en la escuela.

—No, Connor. Al parecer la expulsaron una semana.

—¿Qué? ¿Por qué?

—Seguro que alguien te contará los detalles.

Se levantó y se acercó a mí. Quise dar un paso

atrás, pero me tendió la mano para que se la estrechara.

—¿Trato hecho?

Me quedé mirándole la mano sin saber qué hacer.

—¿Puedo preguntarle antes por qué?

—Porque mi hija se merece un descanso. Necesita espacio para solucionar algunos asuntos y, sinceramente, tú también. Podrán retomar su amistad el viernes de la semana que viene sin ningún problema.

Todo sonaba muy extraño. ¿Qué descanso merecía Sadie? ¿Un descanso de mí?

Alargué el brazo y le estreché la mano a regañadientes, pero cuando intenté retirarla él apretó con más fuerza.

—Los apretones de manos me los tomo muy en serio, Connor. No me decepciones.

Tragué saliva con dificultad y asentí.

—Ya... bien —conseguí susurrar.

—Eres un buen chico, Connor. Estás muy ciego, pero eres un buen chico. Siempre me has caído bien, y siento mucho lo de tus padres.

Me encogí de hombros.

—La vida, supongo.

—La vida —repitió—. No siempre va como uno planea, ¿verdad? —Y entonces me dio unas palmaditas en el hombro antes de darse la vuelta y salir de la habitación.

¿Qué demonios había sido eso? Me quedé petrificado. Otro acontecimiento anómalo que añadir al montón de cosas raras de aquella semana. Eché un último vistazo a la habitación de Sadie, salí por la ventana y bajé por la celosía para volver a casa. Aún no había asimilado lo que acababa de pasar.

Solo deseaba que Sadie estuviera bien.

30
Sadie

¿Sabes eso que suele decir la gente de que el silencio puede ser ensordecedor? Pues no solo puede ser ensordecedor, sino también palpable. Aquella tarde sentí que incluso podía saborearlo, o quizá fuera la sangre que me salía de la herida que me había hecho al morderme el labio cuando me había abalanzado sobre McKenzie. Estuvimos un rato sentadas en el sofá, con la espalda erguida y la vista perdida en el horizonte, sin atrevernos a mover ni un pelo y mucho menos a cruzar las miradas.

Tic, tac, tic, tac...

Lo único que oía era el minutero del reloj de pie gigante matando el tiempo. Asesinándolo segundo a segundo. En parte, lo envidiaba. Yo también quería matar a alguien en ese momento... El instinto asesino se había apoderado de mí.

Seguía furiosa. Aunque esta vez era más un sentimiento de furia silenciosa y peligrosa. Estaba ocupada recopilándolo todo. Hasta la más mínima cosa que McKenzie me había hecho. Y también estaba estrujándome el cerebro para encontrar su talón de Aquiles. ¿Dónde podía darle para que le doliera de verdad?

Una pelea física con ella no era nada. Ahora la apuesta había subido. Quería una venganza a la altura de la situación. A pesar de lo que mi padre había dicho, deseaba que sintiera lo mismo que yo.

Oí que la tela del sofá se arrugaba y, con el rabillo del ojo, la vi cruzar las piernas. Llevaba puesta su minifalda de color rosa pastel, y tenía las piernas más largas y suaves que había visto jamás. Siempre estaban bronceadas, incluso en invierno. Y siempre brillaban, como si se echara diamantina cada mañana. Se había puesto la falda con una camiseta ajustada, obvio (como ella solía decir). Su cabello largo y rubio brillaba tanto como un espejo. Brillar era lo suyo.

McKenzie juntó las manos sobre el regazo y empezó a retorcérselas. ¿Ansiedad? Eso no era propio de ella. Seguramente estaba calentando para otra sesión de cachetadas. Se le tensaron los músculos y eché un vistazo a su cara justo a tiempo para ver cómo una lágrima se le escapaba del ojo y se le deslizaba por la mejilla. ¿Estaba jugando o qué?

Salté del asiento y la fulminé con la mirada.

—¿Ahora lloras? ¿Por qué diablos lloras tú?

—Porque no quería que esto acabara así —gimió McKenzie y, después, se puso a llorar. Bueno, más que a llorar, se puso a sollozar.

Di un paso atrás, casi asustada por esa muestra de emoción tan poco habitual en ella. No sabía si creérmelo o pedir que la nominaran a un Óscar. Supongo que fue capaz de leerme la mente, porque, de repente, alzó la vista para mirarme.

—¡Lo digo en serio! —volvió a chillar. Vaya, si estaba actuando, esos mocos eran la cereza del pastel—. Te juro que no quería que esto ocurriera. —Empezó a mirar a su alrededor, buscando desesperadamente algo para sonarse la nariz.

Vaya, parecía que iba en serio.

—¿Y qué creías que iba a suceder después de lo que hiciste?

Yo no estaba preparada para unirme a sus sollozos. Aún quería una explicación.

—Estás tan ciega como él, ¿sabes? —afirmó de repente, mirándome. Tenía la cara hecha un desastre y llena de manchones de rímel negro. Nunca había visto esta versión de ella. Jamás.

Negué con la cabeza.

—¿Ciega? ¿Puedes ser un poco menos enigmática?

—¡Ciega! —gritó—. ¡Eras mi mejor amiga! ¿Lo sabías? Lo eras todo para mí. Yo te admiraba tanto... Eras mi hermana mayor, aunque solo fuera por dos minutos. Y un buen día, ese escuincle se muda a la casa de al lado y tú empiezas alejarte de mí. ¡Así, sin más!

Se echó a llorar otra vez y me quedé boquiabierta del estupor.

—Llevo diez años intentando llamar tu atención. Es patético, lo sé. He hecho todo cuanto se me ha ocurrido para que me hablaras, para que me miraras, para que pasaras cinco minutos conmigo. Como antes. Ni siquiera me importa que sea para pelearnos, porque al menos entonces actúas como si yo existiera.

Di un paso atrás. Sus palabras me habían caído como un fuerte puñetazo en el estómago. Sus sollozos se fueron apagando y agachó la cabeza.

—Así que sí. Has estado tan ciega como Connor todo este tiempo.

Yo estaba impactada. Pasmada. No sabía qué decir. Me había dejado perpleja.

—Pero no esperaba que fuera a llegar tan lejos..., te lo juro —lloriqueó en voz baja.

Una parte desconocida de mí quería acercarse a ella y consolarla.

—No debería haber leído tus correos ni haber fingido ser la chica de canela y menta, pero quería que sufrieras tanto como me habías hecho sufrir a mí y... —Negó con la cabeza, se mordió el labio y dejó de hablar. Vi que trataba de contener otra oleada de sollozos—. Me pasé de la raya.

Me agarré a la estantería que tenía al lado. Tuve que hacerlo, porque sentía que me fallaban las piernas y que, si no me aferraba a algo, me caería. ¿De verdad había hecho eso de lo que me acababa de acusar? Pensé en cuando éramos pequeñas y recordé que ella siempre quería jugar con Connor y conmigo. Nosotros nos burlábamos de ella porque no era capaz de trepar a los árboles ni de correr tan rápido como nosotros. Era muy femenina. Nosotros jugábamos en el lodo y construíamos fuertes secretos mientras ella se vestía con vestidos de holanes rosas.

Me sentí como si alguien hubiera estirado y soltado una liga dentro de mi cabeza. Tenía razón. Yo la había abandonado. Había dejado a mi hermana gemela, a mi mejor amiga, por él. Y toda esa crueldad que ella había volcado contra mí era para llamar mi atención.

Miré a McKenzie. Se toqueteaba con nerviosismo el dobladillo de la minifalda, como si fuera una niña pequeña. Se veía tan vulnerable... La fachada fría que llevaba como si fuera una coraza había desaparecido. Ahora parecía la niña pequeña con la que tanto había jugado hacía años.

Se me rompió el corazón.

La había abandonado por Connor.

¿De verdad él merecía todo eso?

Sentí el extraño deseo de sentarme junto a ella.

—Oye, yo... —Empecé la frase sin saber cómo iba a terminarla. ¿Qué se suponía que debía contestarle? Pero McKenzie me miró expectante.

Estaba claro que quería que le diera una respuesta significativa.

—Tú, ¿qué? —preguntó, secándose una lágrima de la cara.

—Supongo que yo tampoco quería que esto llegara tan lejos.

—¿Y? —insistió McKenzie para que continuara.

—¡Carajo! No sé. —Soné frustrada, y supe que seguramente esa no era la reacción que ella quería—. Es decir... Desde que empecé con lo de la chica de canela y menta, supe que estaba con la mierda hasta el cuello. De hecho, lo supe desde el momento en el que lo besé en la oscuridad. Todo esto es un desastre y, además, ahora Connor dice..., dice que...

—¿Qué dice? —insistió. Parecía preocupada.

—¡Dice que me quiere! ¿Sí? Después de todo este tiempo... él me quiere a mí.

Me mordí el labio con fuerza para contener las lágrimas. A pesar de las muestras de emoción de McKenzie, yo aún no me sentía cómoda mostrándome vulnerable ante ella, y menos cuando se trataba de Connor.

—Siempre te ha querido —susurró—. Es decir, ¿quién no iba a quererte?

—¿Qué?

—Sadie, siempre has sido... —Hizo una pausa como si estuviera buscando las palabras adecuadas—. Siempre has sido la mejor de las dos.

—Perdón, ¿qué?

—No te importa lo que piense la gente de ti. Siempre dices lo que opinas y no te dejas pisotear, ni siquiera cuando eras pequeña. Los chicos te tenían miedo porque nadie podía meterse con Sadie Glover. Todos lo sabían. Y yo... En fin, da igual. Da igual, Sadie. Trato de expresarte todo lo que siento y tú no dices nada, así que da lo mismo.

Se cruzó de brazos a la defensiva e hizo una mueca. Volvió a ser la misma McKenzie de siempre y, cuando habló de nuevo, su voz había cambiado por completo.

—Dios, estoy tan harta de esta conversación que me voy a morir —espetó mientras se estiraba la falda y se limpiaba el rímel de la cara, eliminando cualquier rastro de la McKenzie que acababa de derrumbarse.

De repente lo entendí todo. Se me prendió el foco.

Esta McKenzie que estaba sentada delante de mí, la que me fastidiaba, se quejaba y hacía caras no era la verdadera McKenzie. Era puro teatro. Todo formaba parte de un elaborado mecanismo de defensa. Yo la había abandonado, y esta era su forma de lidiar con eso. Se me desgarró el corazón y en ese momento supe, sin ninguna duda, que debía arreglar nuestra relación, porque era yo quien la había roto.

—McKenzie... —me acerqué a ella despacio.

—¡¿Qué?! —me gritó.

—Lo siento. De veras. Lo siento mucho.

Me miró con recelo, como si no creyera lo que le acababa de decir.

—¿Por qué? —susurró, y parecía que volvía a invadirla la emoción. Estaba en una montaña rusa sentimental. Nunca la había visto tan deshecha.

—Por haberte abandonado por Connor. No sabía que te afectaba porque pensaba que yo ni siquiera te caía bien. Un día dejaste de quererme y pensé que no te importaba...

Me cortó con un grito.

—¡Tuve que dejar de quererte! ¿Acaso no lo entiendes? Si me hubiera permitido quererte, habría sido demasiado...

Se echó a llorar de nuevo y, esta vez, sin pensarlo dos veces, fui hacia ella y la abracé. Me devolvió el abrazo con tanta fuerza que me dolió.

—Lo siento. Lo siento mucho, McKenzie.

Eso es todo lo que podía decir y no paré de repetirlo una y otra vez. Me sentí muy bien al abrazarla de nuevo. Todas aquellas emociones de la infancia volvieron de golpe. Sadie y McKenzie, las gemelas inseparables, casi como si fueran siamesas, cómplices en todo. Eso era lo que todo el mundo decía de nosotras.

—Yo también —dijo enterrando la cara en mi cuello, que ahora estaba mojado y pegajoso de todas las lágrimas y los mocos—. Siento haber estropeado lo tuyo con Connor.

Negué con la cabeza.

—No pasa nada. —Y en aquel momento, lo decía en serio.

Ambas nos apartamos y estuvimos un rato largo mirándonos. McKenzie alzó la nariz, la meneó y me sonrió. De pequeña, su famoso meneo de nariz siempre me hacía reír, pero llevaba años sin hacerlo. Esbocé una sonrisa y, sin pensarlo, se me escapó una risita.

—¡Ahora es aún más ridículo! —dije entre risas.

—¿Qué cosa? —Volvió a menear la nariz y las dos nos echamos a reír.

—Bueno, ¿y qué significa esto? —le pregunté.

Se encogió de hombros.

—No lo sé. Pero quizá podríamos empezar de cero o algo así, ¿no?

Asentí.

—Eso me gustaría. Mucho.

—Y a mí —dijo mientras otra lágrima le rodaba por la mejilla.

Esta vez, me uní a ella.

—¡Mierda! —gritó—. Ojalá pudiera parar de llorar. Es asqueroso y no traigo rímel resistente al agua.

Volví a reírme. Esa frase era típica de McKenzie, pero en buen plan.

31
Connor

Me senté en mi cuarto y me quedé mirando la ventana, esperando ver a Sadie, pero las horas pasaban y Sadie no aparecía, así que empecé a preguntarme si su padre la habría encerrado en algún lugar.

Ya era oficial: el señor Glover era la persona más intimidante que conocía. Especialmente cuando sonreía y te daba palmaditas en la espalda con gesto amable. En ese preciso momento era cuando más intimidante resultaba. Sí, acepté el trato, pero ¿cómo se suponía que iba a mantenerme alejado de Sadie durante una semana entera? Necesitaba hablar con ella para aclarar todo aquel alboroto y recuperar la cordura. ¿Por qué la habían expulsado de la prepa? Le escribí a Brett.

Connor
Oye, ¿sabes por qué
expulsaron a Sadie?

Brett
Pues claro. ¿No lo has visto? Mira
TikTok.
#guerradegemelasbuenotas

Entré en TikTok y allí estaba. Chase lo había publicado y casi todos nuestros amigos lo habían visto o compartido. Ahogué un grito cuando el video empezó a reproducirse. Sadie y McKenzie no se habían aguantado ni un golpe. Se estuvieron pegando, cacheteando y jalando del cabello. Sadie le gritaba algo a McKenzie una y otra vez. Luego, los profesores se habían metido para detener la pelea y ahí es donde terminaba el video. Me puse a leer los comentarios y me empezó a hervir la sangre.

Chase: Nada como dos chicas buenas peleándose.
#guerradegemelasbuenotas
Tyler: Las chicas están loooooooocas.

¡Se acabó! Me harté de esos dos. Debería haberles dado el cortón hace años, porque Sadie tenía razón. Siempre tenía razón. Eran unos completos idiotas y no pensaba pasar ni un segundo más de mi vida siendo su *amigo*. No quería volver a relacionarme con ellos, y la próxima vez que los viera pretendía decírselo.

Lancé el celular al escritorio y me sentí completamente perdido. Solo habían pasado unas horas desde que había visto a Sadie, pero por alguna razón me sentía como un barco sin ancla, y eso me hizo darme cuenta de lo mucho que dependía de ella, y puede que ella de mí. Llevábamos casi toda la vida viviendo en nuestro propio mundo. Sin ella... Bueno, no sé.

Detecté movimiento en su cuarto, así que corrí hacia la ventana. Las cortinas estaban cerradas, pero pude ver una sombra... no, dos. Quise lanzar una piedra a la ventana, pero temí que el señor Glover saliera de detrás de la cortina. Comencé a escribirle un mensaje a Sadie.

Connor
¿Estás bien?

Pasé el dedo por encima del botón de enviar. Me pregunté qué clase de castigo me infligiría el señor Glover si lo desobedecía. Era un hombre de recursos; lo más probable era que pudiera contratar a un asesino a sueldo con solo tronar esos dedos suyos de ejecutivo.

Oí un ruido fuerte y miré el camino de entrada. La madre de Sadie había sacado el coche, y Sadie y McKenzie habían salido de casa arrastrando unas maletas tras ellas. Pero ¿qué...? Las observé mientras las metían en el maletero del coche. El señor y la señora Glover hicieron lo propio: metieron unas bolsas en el coche y luego subieron todos.

¿Adónde se iban?

Me levanté de golpe, salí de mi cuarto y bajé la escalera volando. Salí de casa corriendo y seguí hasta la calzada mientras el coche arrancaba y se alejaba calle abajo. Corrí tan rápido como fui capaz todo el tiempo que pude, pero no fue bastante. Los pulmones me iban a explotar. Sin embargo, justo cuando el coche giró la esquina, Sadie se dio la vuelta y me miró. Estaba muy lejos, pero logré discernir como se despedía con la mano mientras desaparecía de mi vista.

Me quedé de pie en medio de la calle intentando recuperar el aliento. ¿Adónde se dirigían? ¿Y cuándo iban a volver? A lo mejor encontraba alguna pista en su habitación.

Regresé a la casa de Sadie a toda prisa, trepé hasta la ventana y empecé a mirar por todas partes. Nada. Saqué el celular. Al diablo. A esas alturas me daba igual lo que me hiciera su padre. Decidí llamarla.

Marqué el número, pero, cuando comenzó a dar tono, oí un eco extraño procedente del piso de abajo. Colgué y el eco desapareció. Me asomé por la puerta de su cuarto, volví a llamarla y esta vez oí aquel sonido con más claridad.

Se me cayó el alma a los pies cuando la realidad me dio de lleno... ¿Cómo iba a contactarla? ¿Por qué había dejado el celular en casa? Busqué el número de McKenzie entre mis contactos y la llamé. Bajé la escalera siguiendo el sonido y me encontré los dos celulares sobre la mesa del comedor. Sadie y McKenzie se habían ido, con maletas, presionadas por sus padres. Me los imaginé llevándolas a un internado para chicas. Hasta donde sabía, la madre de Sadie perfectamente podía enviarlas a alguna escuela privada para señoritas en Suiza.

Desanimado, regresé a la habitación de Sadie y, cuando llegué, me dejé caer sobre su cama. Siempre me había proporcionado un confort familiar. Me había acostado infinidad de veces en ella a lo largo de los años, siempre dando por sentado que Sadie estaría allí. Pero, ahora, una realidad más sombría se cernió sobre mí. Puede que Sadie no fuera a estar siempre allí. Por alguna razón, la sentía muy lejos, no solo físicamente.

Cerré los ojos y su cara me vino a la mente con nitidez. Vi la pequeña cicatriz que tenía en la parte superior de la frente. Recordaba el día en que se la hizo. Vi todas sus pecas, y esas tres de la mejilla izquierda que formaban un triángulo perfecto. Me sonrió, como siempre hacía. Mierda. ¿Cómo es que nunca me había fijado en lo guapa que era? Era perfecta. Brett tenía razón: la chica de mis sueños había estado delante de mis narices todo el tiempo.

De pronto una semana me pareció una eternidad. Abrí los ojos de nuevo y tuve la impresión de que una catástrofe inminente estaba a punto de consumirme. Me embargó una sensación terrible.

Había llegado demasiado tarde.

32
Sadie

Salí al patio que rodeaba la casa del lago. El sol se estaba metiendo, y los rayos de luz naranja bailaban sobre las aguas centelleantes. Siempre había sido un lugar precioso.

Y hablando de cosas impulsivas y poco habituales. Mi padre, que nunca se tomaba días libres en el trabajo, nos había informado de repente de que nos íbamos de vacaciones improvisadas en familia.

«Para estrechar los lazos familiares», había dicho.

«Estaremos un tiempo fuera para pensar y reflexionar», había añadido.

Por desgracia para mí, la casa también estaba llena de recuerdos de Connor y míos. Nos habíamos pasado un verano entero allí. Recuerdo que fueron unas de esas vacaciones en las que McKenzie fue más cruel que nunca conmigo. Ahora entendía por qué.

No sabría explicar cuánto me arrepentía de lo sucedido con ella. La culpa y la vergüenza se retorcían en mi estómago y me provocaban náuseas. Cuando pensaba en cómo había pasado la última década de mi vida, solo veía que todo lo que había hecho había sido por Connor. Todo.

—¿Hola? —McKenzie apareció detrás de mí con dos tazas de chocolate caliente y me dio una. Unas nubes rosas enormes flotaban en la superficie, entre una ración generosa de virutas de chocolate.

—Esto me trae un montón de recuerdos —dije mientras tomaba la taza y recordaba los buenos tiempos, antes de que mi madre se volviera alérgica al azúcar.

—Estás pensando en Connor —señaló, apoyándose contra el barandal y mirándome.

Asentí.

—Me siento tan estúpida...

—No deberías —dijo al tiempo que me colocaba una mano sobre el hombro—. Rayos, esto es muy raro. Nosotras dos. Así... —Apartó la mano y su expresión se tornó seria—. Esto no... Es decir, esto es real, ¿no? No va a ser temporal. No vas a volver a desaparecer, ¿verdad? Porque creo que no sería capaz de soportarlo.

Negué con la cabeza.

—No. Esto es real. No pienso desaparecer ni dejarte sola, te lo prometo.

Al oír esas palabras, McKenzie me sonrió y las dos nos abrazamos. Las tazas chocaron y salpicaron todo de chocolate.

—¡Abrazo a distancia! —se apresuró a declarar McKenzie y, luego, hizo el gesto de darme palmaditas en la espalda con la mano que tenía libre. Me eché a reír a carcajadas. Había olvidado cuánto me hacía reír.

Ambas escuchamos un ruido y, al girarnos, nos encontramos a mi padre de pie delante de la ventana, con una copa de vino tinto en la mano. Estaba sonriendo, y alzó su copa hacia nosotras a modo de brindis. Nosotras alzamos nuestras tazas y, en ese momento, aquella sensación cálida e increíble volvió a invadirme. Llevaba años sin sentirme tan conectada a mi familia. Después, fiel a su costumbre, mi madre apareció entre las sombras y le quitó la copa a mi padre. Tras menear el dedo con desaprobación, se fue.

McKenzie y yo intercambiamos una sonrisa ante la visión de aquella extraña mujer que era nuestra madre. No nos cabía ninguna duda de que, más tarde, iba a darle una charla a mi padre sobre lo malo que era el vino para el colesterol, la artritis, los huesos o cualquier otra parte del cuerpo, o para cualquier enfermedad que él ni siquiera padecía.

—Entonces, ¿qué vas a hacer? —me preguntó McKenzie—. Con Connor, digo.

Me encogí de hombros.

—Lo único que sé es que lo quiero. —Me mordí el labio y traté de no ponerme sentimental.

—Lo sé —suspiró—. Me cae muy bien, a pesar de las cosas que te he dicho estos años. Es bastante lindo, pero está más ciego que un topo... Espera, ¿los topos son ciegos? No, los ciegos son los murciélagos. Sí, los murciélagos son ciegos. Mira, no tengo ni idea de lo que estoy diciendo, pero seguro que hay algún animal por ahí que es ciego. Ya sabes qué quiero decir.

Me reí.

—Sí, sé qué quieres decir.

Había olvidado esa faceta de McKenzie. De pequeñas, siempre me había parecido muy graciosa, y ahora me encantaba poder ver este lado de ella de nuevo. Cuando paré de reírme, hice una pausa.

—Sí, Connor es lindo —afirmé bajito, con tristeza—. Y no sé cómo sería mi vida si no lo quisiera. Llevo tanto tiempo enamorada de él que ya no estoy segura de cómo me sentiría si no fuera así.

McKenzie asintió, parecía sumida en sus pensamientos. Estaba reflexionando de verdad sobre mi situación, y eso me provocó una sensación cálida y embriagadora. Yo le importaba, y me encantaba cómo me hacía sentir eso. No podía creer que llevara tanto tiempo sin sentirme así.

—Mira —dijo al fin—, si tiene que ser, el amor encontrará la forma de llegar. El amor siempre gana, ¿no es lo que se dice?

—Pero ¿de verdad crees que el amor siempre gana? —pregunté insegura.

Apartó la vista un momento y se encogió de hombros.

—Pues no lo sé. Quizá no sea la persona más indicada para hablar de esto, las relaciones se me dan fatal. Mira todos los completos idiotas con los que he salido durante estos años. —Echó un vistazo por encima de su hombro y, luego, me susurró al oído—: Si te soy sincera, solo salí con algunos de ellos para fastidiar a mamá. —Me lanzó una sonrisa cómplice seguida de un guiño, y las dos nos echamos a reír como locas.

—Esto es divertido —afirmé.

—Ya ves.

Miré a McKenzie, iluminada por la luz naranja. Era mi gemela, y la quería. La había extrañado...

Y, en ese momento, supe lo que debía hacer.

33
Connor

Volví a bajar por la celosía como si aquello fuera irreversible y definitivo. ¿Cuántas veces más iba a tener la oportunidad de subir y bajar por aquella rejilla de madera para ver a Sadie?

Crucé el trozo de jardín que separaba las dos casas y me detuve a la altura del árbol. Había ido creciendo con los años y ahora era gigantesco, tanto que había comenzado a tapar las vistas. No me entusiasmaba demasiado regresar a casa, pero cuando llegué y vi el coche de mi padre en la entrada, se me quitaron las pocas ganas que tenía. Me planteé trepar hasta mi ventana y esconderme en mi cuarto hasta que se fuera, pero la rabia ardiente que sentí mientras observaba su coche y lo imaginaba dentro de casa hizo que quisiera enfrentarme a él.

Así que entré por la puerta principal dando grandes zancadas y me encontré a mis padres sentados a la mesa de la cocina bebiendo café como si no hubiera pasado nada. Mi madre sabía disimular muy bien.

Mi padre se levantó al verme y se acercó a mí.

—Aún no he tenido ocasión de felicitarte. Estuviste extraordinario en el partido de hoy, hijo.

Nunca me llamaba «hijo». Parecía como si creyera que el solo hecho de utilizar esa palabra lo haría un buen padre.

—¿Qué haces aquí? —inquirí con voz monótona.

—Bueno, quería saber qué te había dicho el cazatalentos. A los dos nos gustaría saberlo.

Miró a mi madre y ella asintió con una sonrisa. ¿No era la misma mujer que se había derrumbado hacía apenas unos días?

Me encogí de hombros.

—Me ofreció la oportunidad de competir por una beca.

—¿Qué?

Mi madre también se levantó de la silla en ese momento.

—¡Eso es maravilloso! —exclamó mi padre.

Mi madre se unió.

—Es justo por lo que estuviste trabajando tanto tiempo.

—Sí, supuestamente es lo único que de verdad he deseado siempre —contesté con un tono apagado e indiferente.

—Entonces, ¿por qué no estás más contento? —preguntó mi madre.

—La vas a aceptar, ¿verdad? Es la mejor academia de tenis del país —añadió mi padre—, y siempre has querido ir. Muchísimos jugadores profesionales han ido allí, y nosotros no podríamos costearla ni en un millón de años.

Volví a encogerme de hombros.

—Todo eso ya lo sé —murmuré, y entonces tomé una silla y me senté a la mesa con ellos.

Me sentía completamente derrotado. A pesar de haber ganado todos los partidos ese día, me sentía vencido.

Hubo una pausa significativa durante la cual mis padres no dejaron de mirarme.

—Connor —insistió mi madre—. Vas a aceptarla...

Levanté los hombros de nuevo.

—No lo sé.

—¡Pero si es lo que siempre has querido! —intervino mi padre alzando la voz.

Giré la cabeza y lo miré de frente.

—¿Lo es, papá? —solté—. ¿Es lo que yo siempre he querido?

—Te encanta jugar tenis —añadió mi madre.

—Esa es la cuestión —dije—. Que no sé si me gusta jugar tenis.

—¿Qué quieres decir? —preguntó mi padre.

Bajé la cabeza a la mesa, donde una vieja mancha redonda de café me llamó la atención. La recorrí con el dedo varias veces y, cuando me cansé de hacerlo, levanté la cabeza de nuevo y miré directamente a mi padre.

—Sabes por qué empecé a jugar tenis, ¿verdad?

—Porque te la pasabas bien —respondió.

Negué con la cabeza.

—En realidad, no. No me la pasaba bien. De hecho, no me gustaba nada cuando empecé a jugar. Lo único que me interesaba del tenis era que podía pasar tiempo contigo haciendo algo que tú disfrutabas. Podía ir al club contigo y pasar el sábado allí, jugando o viéndote jugar. Y tú te sentiste muy orgulloso de mí cuando empezó a dárseme bien. Eso es lo que más me gustaba del tenis. No el juego en sí, sino todo lo que implicaba. Es decir, estar contigo, papá.

Él sacudió la cabeza y abrió los ojos sorprendido.

—No... sabía que te sentías... así.

—Pues ya lo sabes —dije yo.

—Connor, si no quieres jugar tenis, no tienes por qué hacerlo. —Mi madre alargó el brazo y me tomó la mano—. Tu padre y yo no queremos que hagas algo que no te guste. —Me dio un apretón, y yo se lo devolví.

—Tu madre tiene razón —asintió mi padre—. Si no quieres jugar al tenis, no lo hagas. Nunca he querido que hicieras algo que no te gustara solo por mí...

—¿Por ti? —Levanté la cabeza de golpe y miré de nuevo a mi padre, esta vez sintiendo cómo las lágrimas amenazaban con brotar de mis ojos—. Sí, papá, lo hice por ti. ¿Y sabes por qué? Porque eras mi héroe. De pequeño te idolatraba y quería ser como tú a toda costa. Quería que se me diera bien lo que se te daba bien a ti para que todo el mundo supiera que era tu hijo. Tu hijo. Me he pasado casi toda la vida practicando un deporte que creo que nunca he disfrutado solo porque quería ser como tú y ahora... —No pude evitar que las lágrimas se me derramaran por las mejillas, aunque no quería llorar bajo ningún concepto—. Y ahora ya no eres la persona que creía que eras ni a la que he admirado toda la vida. No eres esa persona, porque la persona que conocía e idolatraba no habría dejado a su familia como lo has hecho tú.

Me levanté de la silla y me alejé de la mesa a toda prisa. No quería estar ni un solo segundo más en aquella cocina, pero cuando llegué a la escalera la voz de mi padre me hizo parar.

—Lo siento, Connor —expresó tras de mí—. Siento haberte decepcionado tanto, siento haberme caído del pedestal y que al fin me veas cómo realmente soy: como un ser humano, imperfecto, capaz de cometer errores y tomar decisiones equivocadas.

Alargué el brazo y me agarré al barandal de la escalera porque sentía que me temblaban los hombros. Solo por eso supe que estaba llorando, porque los hombros me temblaban y las piernas no parecían aguantarme de pie por más tiempo. De hecho, sabía que no podían.

Me solté y me dejé caer sobre el último escalón. Presioné las rodillas contra el pecho, apoyé la cabeza sobre ellas y lloré.

Todo parecía ir de mal en peor. Nada en mi vida era como debería ser. En aquellas últimas semanas, mi universo entero había cambiado y yo giraba sin control como un planeta fuera de órbita.

Sentí una mano sobre el hombro, luego otra. Con el rabillo del ojo pude ver, aunque con escasa claridad, que los dos estaban de pie junto a mí, tomándome cada uno de un hombro. Era agradable, pero también sabía que podía ser una de las últimas veces que lo hicieran. ¿Cuántas veces más íbamos a estar los tres juntos en una misma habitación así? Mi familia, mi mundo entero, se estaba viniendo abajo.

34
Sadie

Eran las 2:30 de la madrugada, y llevaba horas mirando la pantalla de la laptop. Tenía un montón de pestañas abiertas. Vuelos. Hospedajes. Trayectos en tren. Reservas, reservas, reservas.

Había llegado a la fase final en todas ellas. Había rellenado los campos para los datos de las tarjetas y los pagos. Solo tenía que hacer clic en «Pagar» y todo se volvería real. Mi viaje por el mundo. Sola. Sin Connor.

Suspiré con fuerza. Debía hacer clic pronto porque sentía como si hubiera algo presionándome la caja torácica y me dolía. Sabía que iba a ser duro, pero no me imaginaba que tanto. Pulsar esos botones no era solo pagar, sino tomar la decisión de cambiar toda mi vida o, al menos, lo que había sido mi vida durante la última década. La puerta de mi habitación se abrió con un chirrido. Me giré y vi que se trataba de McKenzie, con aspecto muy cansado, que se quedó de pie en el umbral.

—Vi que tenías la luz prendida. ¿Estás bien? —bostezó.

Era uno de esos bostezos contagiosos porque, segundos después, yo también bostecé.

—No mucho —admití.

McKenzie tomó una silla y se sentó a mi lado.

—Bien... Veamos qué tenemos aquí. —Agarró mi laptop y empezó a revisar las pestañas—. Camino Inca... Escalada al Machu Pi... shu... Mucho... Pish... —tartamudeó—. Bueno, escalar una montaña increíble y observar unas ruinas antiguas y geniales que siempre has querido ver. ¡Siguiente! —Clicó en la siguiente y empezó a leer—. «Descubre Grecia: desde las espectaculares puestas de sol de Santorini hasta las casas y molinos encalados de Miconos». —Me miró—. Se les olvidó añadir: «Podrás recostarte en playas increíbles, nadar en aguas azules y cristalinas y conocer a chicos griegos guapísimos».

Le sonreí mientras continuaba.

—«Visita el misterioso castillo del conde Drácula y disfruta de una excursión por un auténtico pueblo rumano que se quedó congelado en el tiempo». Bueno... No sé si yo me apuntaría a esto, pero es de tu tipo completamente. Te va a encantar.

Siguió haciendo clic y leyendo y, cuanto más lo hacía, más aumentaba mi ansiedad. Cuando terminó, me miró muy seria.

—Bien, sé que no siempre he estado a tu lado para darte un consejo de hermana...

—Ni yo —me apresuré a añadir.

—Cierto. —Nos sonreímos—. Y quizá no sea la persona más indicada, en general, para dar consejos. Pero... —Hizo una pausa y me miró. Su rostro denotaba tanta compasión y tanto amor que casi vuelvo a echarme a llorar—. Creo que sabes lo que debes hacer.

Asentí. Lo sabía. Pero es que era tan difícil...

—Oye, solo es un año. —Trataba de sonar animada. Claramente intentaba que me sintiera mejor. De nuevo, me sentí conmovida.

—Pueden pasar muchas cosas en un año —susurré.

—Sí, pueden pasar muchas cosas buenas en un año —me corrigió—. La ausencia es al amor lo que el aire al fuego: apaga el pequeño y aviva el grande.

—Quizá también apague el grande.

Me sonrió.

—No creo que eso vaya a pasar.

—¿De verdad? —pregunté, aferrándome a la última migaja de esperanza que me quedaba.

—Un año separados no va a terminar con diez años de relación. Tal vez están destinados a estar juntos.

—¿Eso crees?

Estaba escogiendo las palabras con cuidado.

—Creo que podrían acabar juntos, pero también me parece que necesitan pasar un tiempo separados para descubrirse.

Asentí, y el dolor de mi corazón me destrozó por dentro. Sabía que tenía razón. En el fondo, bajo toda aquella angustia que me agarrotaba, tenía claro que era lo correcto.

—Cierra los ojos, Sadie —susurró McKenzie.

Eso hice, y apreté las manos sobre el regazo. Se pasó lo que me pareció una eternidad haciendo clic con el mouse, pero, en cuanto oí que el ruido cesaba, abrí los ojos, vi su cara tranquilizadora y me eché a llorar. McKenzie me abrazó y, después, casi me arrastró hasta la cama. Me colocó la cabeza sobre la almohada y me echó una cobija por encima.

—¡Espera! —Se levantó de un salto y salió de la habitación a toda prisa. Volvió unos segundos más tarde con un montón de chocolates—. Son de mi botín secreto —dijo lanzándolas sobre la cama y subiéndose ella también.

—¿Tienes un botín secreto? —le pregunté.

Asintió con la boca llena de chocolate.

—¡Qué te digo! ¿Cómo iba a sobrevivir si no a los platos rocambolescos de mamá?

—¡Yo también tengo uno! —exclamé mientras le quitaba la envoltura a una barrita de MilkyWay y dejaba de llorar un poco.

—Lo sé. Siempre te robo chocolate —admitió.

Nos reímos y me sentí algo mejor. Sentía que perdía algo, pero que ganaba otra cosa a cambio. Y que esa otra cosa era tan valiosa que no quería volver a perderla jamás.

35
Connor

El cazatalentos ya me había llamado dos veces esa semana, pero yo lo había ignorado. Mi padre me había llamado una vez también, y mi madre se comportaba de una forma extraña. Era como si intentara transmitirme una falsa sensación de seguridad siendo extremadamente amable conmigo para que yo me abriera con ella. Un día me llevó el desayuno a la cama. Increíble. Pero lo único que yo quería era tener a Sadie cerca, y ella ya no estaba. Mi vida resultaba anodina sin ella, y las clases eran incluso peor.

Todos seguían hablando del video, hasta tal extremo que el director había convocado una asamblea general y nos había amenazado con expulsar a quien siguiera compartiendo o viendo el video. Aun así, la gente continuó compartiéndolo, hablando de él y, lo que era más extraño todavía, algunos chicos comenzaron a hablar de Sadie. Tener un video de dos compañeras de clase peleándose como gatas parecía haber despertado el primitivo lado cavernícola de algunos de ellos, porque una mañana oí a Chase diciendo que estaba buena.

—¿Qué dijiste? —pregunté tras detenerme y girarme hacia Chase y Tyler.

—Que Sadie en realidad está buena —contestó Tyler.

—No me había dado cuenta hasta ahora —intervino Chase.

—Hermano, no me extraña que siempre vayas con ella —añadió Tyler, que levantó la mano para que se la chocara, algo que no pensaba hacer.

—Oye. —Chase se me acercó—. ¿Ya te la tiraste?

—¿QUÉ? —Di un paso hacia delante, les lancé una mirada asesina y alcé la voz—. Ni se les ocurra volver a hablar de Sadie de esa manera nunca más. ¿Entendido? —Señalé con el dedo la cara de Chase—. De hecho —dije a mayor volumen aún—, dejen de hablar así de cualquier mujer de esta escuela. Es asqueroso y una falta de respeto. Se los debería haber dicho hace siglos. Así que consideren esto una advertencia: si vuelvo a oírlos hablar así de Sadie o de cualquier otra chica, van a tener un problema pero muy serio conmigo.

No me había dado cuenta de que se había congregado a nuestro alrededor una pequeña multitud que, cuando terminé de hablar, aplaudió y lanzó silbidos. Me giré y vi a Brett y a algunas chicas de mi clase allí de pie aplaudiendo.

—Sí, y conmigo también. —Brett dio un paso al frente, pero se las arregló de alguna forma para seguir detrás de mí, como si me estuviera usando de escudo. Entonces, se dirigió a mí—. Ya era hora de que les pusieras un alto a esos idiotas.

Deslizó el brazo alrededor del mío y comenzó a caminar para alejarme de ellos.

—No sé por qué no se los dije antes —confesé a Brett mientras recorríamos el pasillo juntos.

—Más vale tarde que nunca, supongo —respondió—. De todas formas, siempre has sido un poco lento en algunas cosas, Connor.

—¿Te refieres a Sadie?

—Pues claro que me refiero a Sadie.

Dejé de caminar.

—¿La has visto? ¿Sabes adónde se fue?

Brett sacudió la cabeza.

—No.

—Necesito saber dónde está, y ya sé a quién tengo que preguntárselo.

Le di una palmadita en la espalda a Brett y me fui a buscar a Jarrod.

—¡Ey! —lo llamé cuando lo encontré junto a su casillero.

Al verme, cerró el casillero de un golpe.

—¿Qué pasa? —preguntó con sequedad, y me dio un empujón al pasar por mi lado.

Yo lo seguí sin inmutarme.

—¿Sabes algo de Sadie?

Se dio la vuelta, luciendo una sonrisa auto-complaciente.

—¿El gran Connor Matthews me está preguntando dónde está Sadie?

Estaba disfrutando, y yo se lo permití.

—Sí, así es.

Entonces su boca se retorció hasta formar una sonrisa cruel.

—Es horrible no saberlo, ¿eh?

—¿Sabes algo de ella o no?

—Connor, eres un puto idiota.

—¿Qué?

—Déjala de una vez.

—¿Perdón?

—Está enamorada de ti, todo el mundo lo sabe. Salta a la vista. Pero tú ni siquiera sabes que...

—Sí lo sé, ¿bien? Lo sé —lo interrumpí.

Jarrod me miró de una manera extraña. Creo que nunca habíamos intercambiado más de dos frases, aquello era nuevo para los dos. Suavizó un poco su expresión y echó un vistazo a su alrededor. El pasillo estaba vacío. Todos debían de estar en clase ya.

—Sadie me gusta, ¿sabes? —admitió, y aquellas palabras estuvieron a punto de derrumbarme—. Pero, después de que me dejara plantado el día de tu torneo, lo entendí. Nunca le gustaré. Ni yo ni nadie en realidad, mientras tú sigas ahí.

Parpadeé varias veces. Su sinceridad me sobrecogió, y me sorprendió no odiarlo por ello. De hecho, sentía lástima por él. Le gustaba Sadie de verdad. Al menos tenía buen gusto.

—Si no vas a... —prosiguió, pero se detuvo de pronto, reacio.

—¿Qué? —apremié, sintiendo curiosidad por lo que iba a decir.

—Si no puedes darle lo que ella quiere, deberías dejarla ir. En serio. Está atrapada. Lo ha estado siempre, desde que la conocí.

Di un paso atrás. No esperaba que me dijera eso, y una parte de mí quiso defenderse, pero decidí callarme.

—Es una mierda que te guste alguien a quien no le gustas —siguió—. Así que no, no sé dónde está, y no, no sé nada de ella.

Jarrod se fue, y mientras lo observaba alejarse me di cuenta de que tenía razón. Si no estaba preparado para darle a Sadie todo lo que quería, debía dejarla ir. Pero no pensaba hacerlo, no ahora que estaba tan cerca. Tenía que urdir un plan, uno bueno, y para eso necesitaba ayuda. Tomé el celular y le escribí a Brett.

Connor
Te veo después de las clases.
Necesito hablar.

Brett

Genial. Trae comida. ¡Mierda
de la buena! Estoy harto
de comer zanahorias.

Connor

Me dijiste que te recordara
que las zanahorias son buenas
para la salud.

Brett

Ya, lo sé. Pues al menos trae queso
para untar para poder mojarlas
en algo.

Connor

Hecho.

Me senté en la habitación de Brett mientras devorábamos una bolsa de zanahorias absortos en nuestros pensamientos. Él miraba por la ventana como si estuviera esperando a que alguien pasara corriendo por delante y gritara la respuesta.

—Tienes que disculparte por lo que le dijiste, eso está claro.

Asentí.

—Tienes que asegurarle que estás comprometido y preparado para una relación.

Volví a asentir.

—Tienes que reafirmarle lo que sientes por ella y todo ese rollo.

Asentí una vez más.

—¿Cómo hago todo eso?

Se encogió de hombros.

—No tengo ni idea.

—Gracias, hombre. Vine a que me ayudes a trazar un plan de acción.

—¿Qué voy a saber yo de esas cosas? Nunca he salido con nadie, Connor.

—¡Claro que sí! —alegué.

—¿Con quién? —preguntó mirándome de reojo.

Lo estuve pensando unos segundos y entonces me avergoncé. Tenía razón... Nunca había salido con nadie. ¡Nunca! Dios. En ningún momento me había parado a pensarlo. Creo que la mayoría de las chicas se quedan solo con su aspecto físico, así que no ven que en realidad es un chico con el que vale la pena salir.

—La chica indicada está en algún lugar ahí afuera —tanteé, aunque con poca convicción. No sabía qué decir.

—No quiero tu compasión. Ya sé lo que piensan de mí... En fin. Estamos hablando de ti y de tu patético intento de vida amorosa.

—Gracias.

—Pero es verdad que necesitas un plan.

—Lo sé. Pero ¿cuál?

Mordió otra zanahoria y apoyó las piernas sobre su escritorio. Se le levantó el pantalón un poco y vi que llevaba calcetines disparejos. Sonreí. Solo Brett podía no darse cuenta de que llevaba un calcetín de cada color.

—¡Ya sé! —soltó de repente.

Bajó las piernas y salió del cuarto. Dos minutos después, volvió con Brenna, que lo seguía a regañadientes. Ante la insistencia de Brett, le expliqué la situación. Ella guardó silencio un rato con aire pensativo antes de hablar.

—Necesitas tener un gran momento —determinó.

—¿Momento?

—Sí, ya sabes. Una de esas cosas grandiosas que hacen en las pelis para que el chico recupere a la chica. ¿No has visto ninguna peli romántica... o de los ochenta?

—¡EXACTO! —exclamó Brett—. Eso es. Tienes que ponerte bajo su ventana con una grabadora.

—Eh... ¿Qué? —repuse yo, confundido.

—¿No has visto nunca *Pretty Woman*? Es un clásico, hermano —dijo Brett—. ¿Y sabes por qué funciona? Porque es un momento personal. Es algo que tiene un significado para los dos. ¿Qué comparten Sadie y tú que sea especial, que signifique algo solo para ustedes dos y que nadie más conozca? ¿Una canción, una peli, un lugar?

Cuando dijo «lugar», me puse de pie.

—Un lugar, pero ¿qué hago?

Brenna parecía enojada.

—No puedo darte todas las respuestas, Connor. Tienes que averiguarlo tú solito. La conoces mejor que nadie, así que piensa un poco.

Mi imaginación empezó a volar buscando una idea mágica y asombrosa que pudiera arreglar la situación.

—¿Tú crees que a ella...? O sea, ya sabes.

—Connor, a las chicas les encantan los grandes gestos románticos. Créeme. Si es bueno y sincero, no podrá resistirse.

Dicho eso, Brenna se salió de la habitación, no sin antes detenerse en el umbral de la puerta y dirigirse a mí.

—Por si te sirve de algo, espero de veras que te vaya bien.

Volví a casa poco después y tomé papel y pluma. En el encabezado escribí:

Plan: momento romántico

Pensé que poner un título me inspiraría y me daría una gran idea, pero, después de pasar una eternidad mirando la página en blanco, no se me ocurrió ni una sola. Bueno, al menos ninguna lo bastante buena para Sadie. Necesitaba algo especial. Algo único, como ella. Necesitaba algo que la dejara fascinada.

La inspiración es algo curioso, porque más tarde, aquella misma noche, me desperté y me incorporé en la cama de golpe. Sabía exactamente lo que iba a hacer, ¡y era perfecto!

Pero antes tenía que planear y organizar muchas cosas, así que me levanté de la cama y empecé a elaborar una lista de todo lo que debía hacer. Era la primera vez que de verdad me sentía bien esa semana. Al menos estaba dedicando mis energías a hacer algo.

¡Había recuperado la esperanza! Y estaba emocionado.

36
Sadie

De camino a casa, en el coche, estaba muy nerviosa. Cuanto más nos aproximábamos, más cerca estaba de Connor y de lo que acababa de hacer... Bueno, técnicamente había sido McKenzie, pero lo había hecho en mi nombre. Con cada boleto, vuelo, tour y alojamiento que había reservado, el corazón se me había acelerado cada vez más, hasta alcanzar la velocidad de un tren que se acercaba, se acercaba... ¿A qué?

Un año sin Connor me parecía una eternidad. No iba a poder verlo cuando quisiera. No podría hablar con él sin parar. No estaba segura de cómo iba a lidiar con aquello, pero sabía que era lo correcto.

Cuando llegamos a casa, ya había empezado a oscurecer, y me obligué a no mirar hacia su casa. Resistí durante treinta segundos. Su luz no estaba prendida, así que no se encontraba en su habitación. ¿Dónde podría haber ido un viernes por la noche?

Intenté deshacerme de la sensación horrible de que podía seguir enojado conmigo. ¿Cómo iba a disculparme con él? Además, aunque me perdonara, ¿cómo iba a decirle que iba a pasar todo el año siguiente afuera? Mientras sacábamos el equipaje del coche, sentí que se me revolvía el estómago y pensé que iba a darme algo. Pero entonces noté que McKenzie me rodeaba con el brazo.

—Oye, ¿quieres que veamos una peli esta noche? —me preguntó.

—No tengo muchas ganas de salir.

—Ni yo. Me refería a ver algo juntas en mi habitación. ¿Sacamos el botín y nos ponemos a ver películas de amor toda la noche?

—No, por favor, no me obligues a ver películas románticas.

—Sadie. —Me impidió que me apartara—. No has recibido muchos consejos femeninos estos últimos años. Tenemos que recuperar el tiempo perdido o ya no habrá remedio. Tengo mucho que enseñarte.

Sonreí.

—¿Como qué?

—Pues... a ponerte rímel, por ejemplo.

Me reí y caminamos agarradas del brazo hacia la casa. No obstante, al llegar a la puerta, me quedé helada. Había un sobre pegado y el remitente estaba escrito con la letra de Connor.

—¡Mierda! —Di un paso atrás, demasiado asustada como para acercarme, y mucho menos para abrirlo y leer el contenido.

Mi madre se abrió paso entre nosotras, fue a la puerta y quitó el sobre de un tirón.

—Esto es una puerta de caoba pulida, no un poste donde la gente puede ir pegando panfletos. —Chasqueó la lengua, me entregó el sobre y entró en casa.

Lo abrí con manos temblorosas y le hice un gesto a McKenzie para que lo leyera conmigo.

Sadie:

Estos últimos diez años me has hecho vivir miles de aventuras. Ahora te toca a ti, y como sé que te encantan...

1. El reto de Halloween que no logré hacer por miedo.

Te quiero. Un beso,

Connor

Le di la vuelta a la nota para ver si había algo más escrito en ella que pudiera explicar a qué se refería y, luego, se la pasé a McKenzie para que la analizara en profundidad.

—Es el gran momento romántico —dijo con una sonrisa cómplice. Estaba claro que era una de esas cosas de chicas de las que yo no tenía ni idea.

—¿Qué hago?

—¡Vete! —dijo emocionada—. Tienes que hacerlo.

De repente me sentí culpable. Iba a abandonarla de nuevo por Connor.

—No, no puedo. No voy a dejarte plantada por Connor, no pienso caer otra vez en el mismo error. Ya tenemos un plan: un maratón de pelis nocturno. —Me agarré de su brazo y empecé a caminar hacia la puerta.

McKenzie me jaló para detenerme.

—Podemos ver películas cualquier otra noche. Creo que tienen mucho de que hablar.

La miré a los ojos.

—¿Estás segura?

Asintió.

—Pero con una condición: que vuelvas a casa pronto y me lo cuentes todo. ¡No quiero que olvides ni un detalle!

La abracé.

—No lo haré, te lo prometo.

Leí la nota una vez más y al fin lo comprendí. Era una búsqueda del tesoro. De hecho, era fácil saber a qué se refería. Cinco años antes, en Halloween, nos habíamos retado a llamar a la puerta de la casa de la bruja de madera y esperar a que abriera la puerta. Todos la llamábamos así porque, al parecer, tenía una pierna de madera.

También tenía el cabello largo y gris (aunque nadie la había visto el tiempo suficiente para confirmarlo) y daba un miedo tremendo. Vivía sola en la única casa fea del vecindario y tenía cinco gatos negros. Nunca abría las cortinas ni cortaba el pasto. Cuenta la leyenda que había matado a su marido y lo había enterrado debajo del jardín, por eso no lo podaba. ¡Increíble! Las cosas que nos llegamos a tragar cuando somos pequeños. Eso me recordó que, hacía tiempo, yo vivía en un mundo mágico donde todo era posible.

Fui hacia la casa de la bruja. La mujer se había mudado hacía muchos años y una constructora había comprado el terreno, había derruido la casa y había construido unas casas muy sofisticadas, todas idénticas.

Me acerqué al complejo de muros grises y eché un vistazo a mi alrededor, pero no encontré nada. Y ahora, ¿qué? Estaba claro que Connor no pensaba ponérmelo fácil. Eché un vistazo para comprobar que nadie me estaba mirando y me subí al muro. Ahí estaba. Había pegado otro sobre rojo a una puerta, esta vez, la de un desconocido. Y los desconocidos en cuestión estaban sentados en torno a su mesa del comedor, delante de un gran ventanal que daba al jardín.

«¡Mierda!» Escalé el muro con tanto sigilo como pude mientras rezaba para que esa familia no tuviera un dóberman. Me escondí detrás de un arbusto. Y ahora, ¿qué? La puerta estaba a unos pocos metros de distancia, pero tendría que pasar por delante de la ventana y me verían. «Estoy cometiendo un allanamiento de morada». La única forma de lograrlo era agacharme sobre el suelo. Así que lo hice y empecé a gatear por el pasto recién regado.

Conseguí el sobre, gateé hasta el muro y lo volví a escalar con sigilo.

Sadie:

Muchas cosas han cambiado en estos diez últimos años..., en especial, nosotros. Ahora estoy preparado para ser algo más que tu mejor amigo. Si me lo permites, te demostraré cada día cuánto te quiero.

Mi corazón se detuvo y fui incapaz de seguir leyendo. ¡Inaudito! Respiré hondo y busqué la siguiente pista.

2. ¿Recuerdas el momento en que nos conocimos?
Te quiero. Dos besos,

Connor

Pues claro que me acordaba de cuando nos habíamos conocido. ¿Cómo iba a olvidarlo? Me cambió la vida para siempre. Antes había una fina franja de tierra virgen en el borde de la colonia. De pequeña solía ir allí a jugar, imaginándome que era una exploradora en un lugar muy lejano. Allí me sentía como si estuviera en una zona salvaje, como en un bosque o una selva remotos.

Manchada de pasto y mojada por culpa del aspersor, caminé calle arriba hacia la siguiente pista. Aquella franja ahora daba la impresión de ser mucho más pequeña, y habían cortado y aseado la maleza, como la mayoría de las cosas en aquel lugar. Ya no se parecía en nada a como la recordaba. De hecho, apenas pude reconocerla sin la hierba y el pasto descuidado.

Me había encontrado a Connor sentado en una roca. Lo recordaba muy bien. Lo había visto llegar al mudarse, y nos conocimos un par de días más tarde.

Pasé un rato recorriendo el perímetro, buscando algo que me resultara familiar y, de repente, lo vi. Connor la había hecho más visible. Una roca pintada de rosa llamó mi atención desde el centro del terreno. Ahí era donde había hablado con Connor por primera vez. Mientras recogía la siguiente pista, toqué la piedra y me di cuenta de que la pintura aún estaba fresca. Eso me indicó que había estado allí hacía poco, y pensar en aquello me provocó un poco de vértigo.

Querida Sadie:

El día que me encontraste aquí sentado fue el mejor de mi vida. Lo que pasa es que aún no lo sabía. Estaba muy asustado por la mudanza y por tener que empezar en una escuela nueva cuando, de repente, ¡apareciste tú! Y no te fuiste nunca. Siempre has estado a mi lado. Siempre. Ahora me toca a mí estar ahí para cuando me necesites.

3. Aquella vez que nos metimos en un problemón, pero logramos salir de una situación... pegajosa.

Te quiero. Tres besos,

Connor

Me eché a reír. ¡Vaya juego de palabras más malo! Por mucho que a mi madre le horrorizara, nuestra vecina de enfrente tenía gnomos en el jardín. Un día, durante un partido de fútbol improvisado en la calle, rompimos tres. La mujer estaba obsesionada con los dichosos gnomos, así que conseguimos pegamento extrafuerte y, con rapidez y sigilo, tratamos de arreglarlos. Sin embargo, en el proceso, a Connor se le quedó un trozo de gnomo pegado a la mano. Tardamos un montón en despegarlo. La mujer aún no se ha dado cuenta de que un gnomo tiene pegado un brazo que no le pertenece.

Corrí hasta el jardín de la vecina y me fui derechita al gnomo que tenía un brazo distinto. Debajo había otro sobre.

Querida Sadie:
Arreglemos esto. Estoy roto sin ti.

Esta vez noté que tenía un nudo en la garganta y que se me nublaban los ojos, impidiéndome seguir leyendo. Me limpié una lágrima y miré la siguiente pista.

4. *La primera vez que nos tomamos de la mano.*
Te quiero. Cuatro besos,

Connor

298

Recordaba aquel momento, pero me sorprendía que él también. Me dirigí al parque, que estaba a diez minutos caminando de allí. De camino, pensé en la cantidad de veces que había recorrido ese trayecto con Connor a lo largo de los años. Llegué al parque y me acerqué a los rosales. Allí enterramos a mi hámster, bajo un rosal de rosas rojas. Connor y yo metimos al animalito en una caja y oficiamos un funeral. No sabíamos muy bien cómo hacerlo, así que, al final de la ceremonia, nos dimos la mano, cerramos los ojos y rezamos por su alma peluda.

La tierra estaba revuelta, como si él hubiera acabado de pasar por allí. Empecé a apartarla con las manos. Allí estaba la cajita. Aún conservaba el lazo que la cerraba. Había colocado el sobre debajo del lazo. Me tentó la idea de abrir la caja para ver si Hamish (sí, así se llamaba) se había convertido en un esqueletito perfecto, pero decidí que era mejor no hacerlo.

Querida Sadie:

Este es el final de la búsqueda de tesoros y del recorrido por el baúl de los recuerdos. Aunque espero que sea nuestro principio.

5. Donde nos prometimos que seríamos mejores amigos para siempre.

Te quiero. Cinco besos,

Connor

El corazón empezó a latirme desbocado mientras miraba el árbol por encima del hombro. Nuestro árbol. Podía ver la copa asomándose por encima de la colina. Parecía que una luz tenue lo iluminaba, y el corazón me latió con más fuerza todavía. ¿Connor me estaba esperando allí?

De repente sentí la necesidad de arreglarme un poco. Traté de acomodarme el cabello, pero noté que la tierra de mis manos se convertía en lodo al entrar en contacto con mi cabello húmedo. ¡Mierda! Intenté limpiármelo con el dorso de la mano, pero lo estaba empeorando. El agua y la tierra no son una buena combinación.

Subí la colina despacio. Sentía una mezcla de emoción e indecisión. Solo me quedaban unos pasos más para ver el árbol. Me detuve y respiré hondo, preparándome, y entonces...

Allí estaba.

37
Connor

Observé a Sadie mientras llegaba a la cima de la colina. Había muy poca luz, pero para mí había la suficiente para ver que iba mojada y sucia de la cabeza a los pies, con una enorme mancha de hierba verde. Tenía restos de lodo en la camiseta, probablemente por intentar quitarse la tierra de encima. Una mancha le atravesaba la frente y los mechones de cabello corto se le habían quedado tiesos, como si el lodo actuara como gel... ¡Dios, estaba preciosa!

Creo que nunca la había visto tan guapa. Un verdadero regalo para la vista después de pasarme siete días sin verla, aunque daba la impresión de que habían sido más. La contemplé ensimismado, mi corazón parecía un globo que estuvieran inflando hasta rozar su máxima capacidad. O algo cursi por el estilo.

Me había devanado los sesos pensando en qué más podía hacer para rematar ese gran momento romántico. Había buscado en Google, pero todas las opciones parecían terminar con velas, champaña, pétalos de rosa rojos y música suave.

A Sadie no le quedaba para nada.

Así que tomé una manta de pícnic y la cubrí de comida chatarra: donas de diversas formas y sabores y un cargamento de chocolates.

—Hola —le dije.

Ella me saludó ligeramente con la mano, y me sentí aliviado al ver una sonrisa tímida en su cara.

—Hola.

Dios, cuánto había extrañado esa voz.

—Su banquete la espera —anuncié, señalando la canasta de pícnic como un mayordomo en un restaurante elegante.

Eso acentuó su sonrisa, lo cual aumentó la esperanza a la que aún me aferraba. Se acercó a mí y tuve que reprimir las ganas de correr hacia ella y besarla, por muy difícil que me resultara.

Se sentó en la manta, abrió la canasta y echó un vistazo dentro. Le brillaban los ojos cuando levantó la vista hacia mí sonriendo abiertamente.

—Buena elección. —Tomó la dona más cargada de azúcar y bañada en chocolate que había y la empezó a devorar.

—¿Dónde has estado? —pregunté, mirándola intrigado mientras se la terminaba en tres mordiscos y tomaba otra.

—En la casa del lago. Mi padre nos llevó allí una semana.

—Estaba preocupado. No había manera de contactar contigo.

Me senté a su lado sin saber qué reglas seguir ni qué distancia mantener con ella. ¿Podía alargar la mano y tocarle el hombro? ¿Qué demonios me pasaba?

¡A la mierda las reglas!

—Te extrañé muchísimo —solté sin poder aguantar más.

La rodeé con un brazo, la acerqué a mí y apoyé la frente en su hombro. Ella dejó caer la dona e hizo lo mismo.

Nos aferramos el uno al otro como si se nos fuera la vida en ello. Yo pesaba más, así que, como un subibaja descompensado, cayó de espaldas y yo acabé encima de ella. Era la primera vez que nos encontrábamos así.

Sadie yacía en el suelo y mi cuerpo presionaba el suyo. Su rostro estaba a pocos centímetros del mío y aproveché la ocasión para mirarla con detenimiento. Bajo aquella luz, sus ojos eran casi de un verde muy intenso. Tenía la nariz salpicada de pecas. De los ojos pasé a la nariz y luego a los labios. Se los estaba mordiendo ligeramente. Nunca en mi vida había querido besar tanto a alguien.

Así que lo hice.

Sus labios sabían a tierra y azúcar al mismo tiempo. Froté mis labios contra los suyos con suavidad. Quería tomarme mi tiempo. Quería recordar aquel momento para siempre. No quería que fuera un beso rápido en la oscuridad. Quería tratarlo como si fuera nuestro primer beso. Ella pasó la mano por mi cabello y la dejó en la parte de atrás del cuello. Se me puso la piel de gallina. No solo la del cuello, sino la de todo el cuerpo.

Levanté la mano y dejé que las yemas de mis dedos siguieran la forma de su mejilla. Ella tembló y abrió ligeramente la boca. Le besé el labio inferior de una comisura a otra hasta que ninguno de los dos pudo aguantar más. Yo le sujeté la cara, ella se agarró a mi nuca, y entonces el beso aumentó en intensidad y profundidad. Volqué todos mis sentimientos en él. Quería que supiera todo lo que sentía por ella para que nunca volviera a dudar.

Me detuve y me alejé un segundo.

—Te quiero —logré susurrar.

—Yo siempre te he querido —respondió con un susurro igual de suave, y la volví a besar.

Cuando el beso al fin terminó, nos abrazamos durante una eternidad. Noté algo húmedo en la cara y me quité para mirarla. Estaba llorando en silencio. Tenía los ojos empañados y las lágrimas le resbalaban por las mejillas.

—Sadie, ¿qué pasa?

38
Sadie

Me quedé allí acostada, mirando las estrellas que titilaban con luz tenue en aquel cielo que se oscurecía poco a poco, notando el peso de la cabeza de Connor sobre el hombro. El momento era perfecto. Ni aunque lo hubiera planeado yo habría sido tan perfecto. Me sentía como si uno de mis sueños se acabara de hacer realidad. Un sueño que se había repetido de forma recurrente desde que tenía uso de memoria. ¿Cuántas veces se cumplen los sueños?

No obstante, en aquel instante, todos aquellos pensamientos de ensueño se disiparon con un azote de realidad. Por fin estaba pasando, pero había algo en todo aquello que me daba mala espina. Y seguramente fuera que sabía que se iba a acabar. No era el momento adecuado. Habían pasado tantas cosas durante la semana anterior que Connor y yo ya no podríamos volver a estar como siempre. Si esto hubiera sucedido unas semanas antes, las cosas habrían sido distintas. Pero no era así. ¿Por qué no podía haberse dado cuenta un poco antes?

Me iba a ir.

—Sadie, ¿qué te pasa? —me preguntó.

—No deberíamos haber hecho eso —susurré. Era lo primero que se me había ocurrido.

—¿Qué? —Se incorporó y se sentó—. ¿Por qué?

Volví a mirar las estrellas. La última vez que nos habíamos recostado así a mirarlas había deseado decirle cuánto lo quería. Al menos ahora podía.

—Te quiero, Connor —le dije, sin apartar los ojos de la brillante estrella que se alzaba a toda velocidad.

Se recostó sobre un codo.

—Y yo a ti, Sadie.

Me besó de nuevo en los labios con suavidad. Fue tan agridulce... Dios, ojalá ese momento durara para siempre.

Estuvimos un buen rato callados, hasta que al fin hablé.

—Ya tengo todo reservado para el viaje del año que viene.

Connor asintió.

—Genial, pues iré contigo —se apresuró a responder—. Reservaré los mismos vuelos e iremos juntos. Estuve ahorrando dinero, por si al final decidía unirme a ti. Nos lo pasaremos genial y...

Lo interrumpí rápidamente, antes de que mi imaginación me jugara una mala broma.

—No, debo ir sola. —Me dolió muchísimo pronunciar esas palabras, pero tenía que hacerlo.

—¿Qué? ¿Sola? ¿Por qué?

—Connor, lo que hay entre nosotros... me... me... —¿Qué palabras había usado McKenzie y que tanto sentido habían tenido?—. Me ha consumido durante tanto tiempo que... yo... —Las palabras se me escapaban de la consciencia, quizá porque era lo último que quería decir en aquel momento.

—¿Consumido? Haces que parezca algo malo. —Sonaba preocupado.

—Tal vez lo sea. Mira lo que hice la semana pasada. Fingí que era una persona distinta y te mentí. Es una locura. No estuvo bien.

—Sadie, sé por qué lo hiciste y te perdono.

—Sí, pero a lo mejor yo no me perdono. A lo mejor llevo tanto tiempo obsesionada contigo e intentando que me quieras que acabé haciendo cosas de las que me arrepiento profundamente. Mi vida lleva demasiado tiempo girando en torno a ti. —Hice una pausa y, por un instante, pensé en McKenzie. Eso me dio el coraje necesario para pronunciar las palabras siguientes—. Y tuve que pagar un precio por ello. Un precio muy alto. Como la relación con mi hermana.

—¿De qué hablas? Si ella se porta fatal contigo.

—No. No es como nosotros pensábamos. Lo que ocurría era que estaba dolida porque me olvidé de ella por ti. No estuvo bien, Connor, y creo que necesito centrarme en arreglarlo. No sé si

307

podré conseguirlo si permito que mi vida siga girando a tu alrededor.

—Vaya... ¿Lo dices en serio?

Me encogí de hombros.

—Eso creo. Es decir... Llevo diez años amándote en secreto, y ha sido...

—Una tortura —terminó mi frase.

—Sí —asentí.

—Lo entiendo. Para mí, esta semana ha sido insoportable. No sabía cómo te sentías ni podía hablar contigo. Sé que no es nada comparado con diez años, pero...

Silencio. Solo podía oír los grillos y el susurro que provocaba la brisa al mover las hojas.

—¿Qué quieres decir entonces, Sadie?

Tragué saliva.

—No... no sé si puedo decirlo en voz alta.

—Entiendo —respondió. Sonaba distante.

Me giré y lo miré por primera vez desde que habíamos empezado a hablar. No había logrado hacerlo hasta entonces.

—¿Qué te dijo el cazatalentos?

—Me ofreció la beca. Pero eso significaría mudarme a otro lugar, ir a un internado y no verte mucho en lo que queda del año. Además, ni siquiera sé si quiero jugar tenis.

—¿A qué te refieres?

—Estuve pensando mucho mientras no estabas aquí esta semana, y me parece que no me gusta tanto el tenis como creía. Me di cuenta de que lo juego por mi padre, no por mí. Así que, a decir verdad, no sé qué quiero. Bueno, eso no es del todo cierto. Te quiero a ti. Si me dejas estar contigo...

Negué con la cabeza y las lágrimas volvieron a rodar por mis mejillas.

—No, Connor —respondí en un susurro apenas audible.

Connor abrió los ojos de par en par, impactado.

—¿Cómo que no? Entonces, ¿terminamos?

Parecía desconsolado, y yo también lo estaba. Tuve que hacer acopio de todas mis fuerzas para no ignorar lo correcto y besarlo de nuevo.

—Es culpa mía —concluyó—. Llegué demasiado tarde.

—No es culpa de nadie. Las cosas son como son.

—¿Puedo arreglarlo de alguna forma? ¿Qué puedo hacer? Haré lo que me pidas, Sadie. Eres mi mejor amiga...

—Siempre seré tu mejor amiga —me apresuré a añadir.

—¿Pero solo eso? —preguntó. Estaba muy dolido.

Volvió a producirse un silencio nauseabundo. Al final, fui yo quien lo rompió.

—Solo creo que... necesitamos darnos un tiempo —expliqué.

—¿Estás diciendo que necesitas un tiempo sin mí? —se extrañó—. ¿Incluso como amiga?

Parecía destrozado. Yo desde luego estaba destrozada. Esto era lo más duro y adulto que había hecho en toda mi vida.

—Sí —susurré—. Necesito estar un tiempo sin ti, Connor.

39
Connor

Las palabras de Sadie me dejaron sin aliento. Intenté jalar aire, pero parecía ser demasiado denso para que entrara en los pulmones, como si se hubiera convertido en lodo.

—Lo siento —dijo Sadie en voz baja antes de levantarse.

Todos mis reflejos se dispararon cuando entré en pánico. La tomé de la mano y la jalé, haciendo que cayera de nuevo a mi lado.

—Tiene que ser una broma, o sea... Esto no puede acabarse aquí. No puede. Ni siquiera ha empezado, Sadie. Ni siquiera le hemos dado una oportunidad a esto... Y ahora, ¿qué? ¿Se acabó antes de empezar?

De repente tenía un montón de cosas que decir. Y no pensaba dejar de hablar, no hasta que comprendiera lo mucho que la quería y que deseaba estar con ella.

—Sadie... No puedes irte ahora. Nuestra aventura acaba de comenzar...

Sadie levantó el brazo y me tapó la boca con la mano, pero yo la agarré con fuerza, besándole el dorso como si se tratara de una amante largo tiempo perdida.

—No tenemos otra opción —declaró, y retiró la mano—. Deberías aceptar esa beca. Yo estaré fuera el año que viene, que en realidad es dentro de unos meses, y en ese tiempo tengo que centrar mis energías en arreglar mi relación con McKenzie. Así están las cosas ahora, Connor.

—Pero yo no quiero que estén así. —Entrelacé mis dedos con los suyos y me aferré a ella.

—A lo mejor así es como se supone que debe ser —razonó.

Recorrió la palma de mi mano con sus dedos, y yo le acaricié el dorso de la mano con el pulgar.

—¿Cómo puedes estar tan tranquila? ¿Cómo puedes ser tan lógica?

—Tuve tiempo para pensar en esto. Y cuando tú lo hagas, también te darás cuenta de que es lo correcto.

Comenzó a levantarse de nuevo, y esta vez no la detuve. No obstante, antes de erguirse completamente, tomó unas cuantas donas más. Le dio un mordisco a una y me sonrió levemente. Se notaba que estaba intentando poner buena cara.

Me levanté de un salto.

—Pero esto no debería ir así. Este debería ser el gran momento de película, el que no puedes rechazar porque es tan romántico y te deja tan impactada que...

—Ha sido perfecto. Ha sido el mejor momento romántico de la historia de los momentos románticos.

—Pero no fue suficiente.

—Lo fue. Fue más que suficiente.

—¿Pero? —Quería que añadiera alguna explicación más, pero ella solo negó con la cabeza.

—No hay ningún pero. Fue perfecto. —Sus ojos parecían estar a punto de ponerse a llorar otra vez, así que se dio la vuelta.

El pánico de antes regresó. Sentí que, si dejaba que se fuera, aquello iba a acabar de verdad. Sadie y yo habríamos terminado para siempre.

—¡Espera! ¿Por qué no te quedas a cenar? Seguimos siendo amigos, ¿no?

Ella se volteó lentamente.

—Seguimos siéndolo. Mejores amigos, pero necesito un poco de...

—Tiempo —pronuncié antes de que tuviera ocasión de acabar la frase.

Ella asintió.

Intenté dedicarle una pequeña sonrisa indulgente, pero mis labios no se movieron.

Dio un paso hacia delante y me dio un besito. Sentí que sus labios tardaban en retirarse y oí aquel gemido entrecortado que me resultaba familiar. Empezó a alejarse de mí, pero yo la detuve y la besé con más fuerza.

Por un momento pensé que se quitaría, pero no lo hizo. Me devolvió el beso y me rodeó con los brazos. No dudé ni un instante en responder. Deslicé la mano por la espalda y quise bajarla un poco más. El beso era distinto esta vez. Era voraz, sexy y ardiente como el fuego. Fui bajando la mano con timidez por su espalda, pero no estaba seguro de si podía...

Entonces ella me tomó la mano y la puso sobre sus nalgas. Me sorprendió, pero no pensaba rechazar la invitación. Comencé a empujarla con cuidado hasta que su espalda se apoyó en el tronco del árbol. Presioné mi cuerpo contra el suyo y empecé a deslizar la mano que tenía libre por debajo de su camiseta, por el estómago. Ella gimió, el beso se iba acelerando y avivando a cada segundo que pasaba, hasta que...

Como si los dos hubiéramos pensado lo mismo al mismo tiempo, nos apartamos para tomar aire. La miré a los ojos. Tenía las pupilas dilatadas, completamente negras, y me miraba de una forma que jamás había visto.

—No podemos hacerlo —dijo.

Esta vez estuve de acuerdo con ella. Si la situación pasaba a mayores, ese «tiempo separados» sería más complicado aún de lo que ya iba a ser.

Asentí y le sonreí un poco antes de que ella se diera la vuelta y bajara la colina corriendo. Observé cómo se iba haciendo cada vez más pequeña, cómo se iba fundiendo con la oscuridad hasta que al final... desapareció.

Todo aquello no había ido como tenía planeado. En absoluto. Y el beso me dejó desconcertado. Primero estábamos rompiendo y, luego, me estaba besando de esa manera. Como si quisiera más. Dios, yo sí que quería más. Cuando llegué a casa, subí a la habitación y descargué mi lamentable ser sobre la cama. Saqué el celular y vi que el cazatalentos me había llamado dos veces más.

«Deberías aceptar esa beca», me había dicho. Pero yo no estaba seguro. A lo mejor necesitaba separarme del tenis una temporada, igual que de Sadie. Para decidir si de verdad eso era algo que quería hacer con mi vida, abrí WhatsApp y contesté al cazatalentos.

Connor
Hola, soy Connor Matthews.
Me siento halagado por su oferta,
pero necesito tiempo para
considerarla detenidamente.
¿Le parece bien?

Me respondió en el acto.

Cazatalentos
Lo entiendo. ¿Podrías darme tu
respuesta dentro de tres semanas?
Aunque espero que sea un sí.

Salí rodando de la cama, me acerqué a la ventana y la abrí. Me senté allí, de frente a la ventana de Sadie, y le escribí un mensaje. El recuerdo de aquel beso seguía reproduciéndose en mi cabeza, y también por todo el cuerpo.

Connor
¿En qué estás pensando?

Esperé. Se me hizo eterno.

Sadie
¿En qué estás pensando tú?

Connor
En ti.

Sadie
Yo también en ti.

Connor
Aún te quiero.

Sadie
Y yo a ti.

Connor
Entonces, ¿por qué no podemos estar juntos?

Sadie
Ya lo sabes, Connor. Y si lo
piensas un poco, entenderás que
tengo razón. Lo necesitamos los
dos.

Me mordí el labio y noté el sabor de la sangre. No había controlado la fuerza. Los dedos me temblaban y el estómago se me revolvía a medida que escribía. Se me estaba rompiendo el corazón en mil pedazos.

Connor
¿Y por qué me besaste así?

Sadie
Porque quería.

Connor
Abre la cortina. Quiero verte.

Levanté la vista y esperé. Finalmente, apareció una mano que retiró la cortina hacia un lado. Estaba de pie, con una camiseta que le quedaba varias tallas grande y que le dejaba un hombro a la vista. Tenía el cabello mojado, como si hubiera acabado de bañarse. Nunca había querido a nadie tanto como la quería a ella. La quería en todos los sentidos.

Connor
Eres preciosa, Sadie.

A pesar de lo lejos que estábamos, supe que se había sonrojado. Se balanceó de un lado a otro con gesto tímido. Me tenía completamente cautivado. El sonido del celular me hizo volver a la realidad.

Sadie
Tú tampoco estás mal.

Sonreí al leer el mensaje y me puse a escribir. Una vez que terminé, me quedé mirando las palabras que había escrito.

Connor
Quiero volver a besarte así,
y tal vez hacer algo más...

Dejé el dedo flotando sobre el mensaje sin saber si enviarlo o no. Si lo enviaba, estábamos cruzando una línea que jamás habíamos cruzado. Habíamos estado jugando con ella mientras nos besábamos, pero no sabía cuánto tiempo nos quedaba a Sadie y a mí, y era ahora o nunca. Le di enviar, y su respuesta fue inmediata. Me miró, y enseguida apartó la vista. Parecía que estuviera intentando contestarme, pero no paraba de borrar lo que escribía.

318

Sadie
¿Como qué?

Connor
Deja que vaya y te lo enseño...

Sadie
No sé.

Se me cayó el alma a los pies y me sentí mal por haber conducido la conversación hacia ese tema. Mierda, había cruzado la línea. Sin embargo, justo mientras escribía una disculpa, recibí otro mensaje.

Sadie
Deja que lo piense.

Levanté la cabeza enseguida y la miré. Me estaba sonriendo de una forma extraña, con timidez y picardía al mismo tiempo, y me derretí. Luego cerró la cortina con teatralidad.

40
Sadie

A la mañana siguiente me desperté con una gran sonrisa. No había podido ocultarla desde el intercambio de mensajes. De hecho, cada vez que pensaba en todo aquello, mi sonrisa se convertía en algo coqueto y femenino, algo que no era propio de mí. Además, parecía que todo había dado un giro radical. Había ido a cortar con Connor y, ahora, estaba pensando en nosotros. En la posibilidad de que... hiciéramos...

No era capaz de pensar en ello y mucho menos de decirlo en voz alta. Creo que, en mi mundo ideal, siempre había deseado que mi primera vez fuera con Connor. Pero él iba a cambiar de escuela y, a final de curso, yo me iría. Quizá no era el mejor momento para eso.

No estaba segura de qué hacer y no tenía a nadie con quien hablar del tema...

Me detuve a mitad de aquel pensamiento. Sí que podía hablar con alguien. Me quité la pijama y me puse un pantalón y una camiseta. Oí la regadera abierta en el baño de McKenzie y me acerqué.

Toqué a la puerta con fuerza y oí la llave cerrarse.

—Soy yo. ¿Puedo entrar?

—Claro.

Entré y McKenzie ya estaba asomando la cabeza por el cancel de la regadera. Parecía pensativa y preocupada.

—¿Cómo estuvo? ¿Cómo se lo tomó? ¿Se lo dijiste?

Asentí.

—Vaya. ¿Estás bien? —me preguntó y, luego, tronó los dedos para que le pasara una toalla.

Tomé una y se la pasé, incapaz de ocultar la sonrisa que tenía de oreja a oreja.

—¿Qué? —McKenzie parecía intrigada.

—Bueno, se lo dije, pero no salió como me esperaba.

Me senté sobre la tapa bajada del inodoro. McKenzie salió de la ducha y se envolvió en la toalla. Durante una milésima de segundo pude ver un poco de su amplio pecho, justo antes de taparme los ojos.

—¿Cómo puede ser que hayas heredado todas las curvas de la familia? —inquirí, tapándome aún los ojos.

—Créeme, no es tan estupendo como parece. La mayoría de los chicos no ven más allá y... —Su voz se fue apagando y, por un momento, pareció triste.

La miré y le había cambiado un poco la cara.

—En fin, estábamos hablando de ti. Cuéntamelo todo.

Se sentó en el borde de la tina y cruzó las piernas depiladas. «Piernas depiladas», un concepto extraño para mí, y más en invierno, cuando menos me gustaba depilarme.

—Pues... —Volví a sentir vergüenza y bajé la cabeza mientras me retorcía las manos sobre el regazo—. Nos besamos otra vez, varias veces.

—¿Como un beso de despedida? —me preguntó.

Negué con la cabeza.

—No, ha sido más un beso de... —¿Cómo podía explicárselo? Nunca había tenido una conversación parecida con nadie. Jamás—. Se parecía más a un beso de bienvenida...

McKenzie me miró impasible por un momento y, de repente, le brillaron los ojos y soltó un grito ahogado.

—Ay, Dios, como si de pronto una parte de su cuerpo se hubiera despertado y te hubiera saludado.

—¿Qué? —grité yo también—. No puedo creer que hayas dicho algo así. Dime que no dijiste eso. Dios mío... —Mis mejillas se volvieron de un intenso tono rojizo, y el vapor del baño no me ayudaba.

—Es biología básica, Sadie. —Me dedicó una especie de sonrisa pícara y me dio un golpecito en la rodilla—. ¿Lo ves? ¿Qué te parece? Estamos teniendo una plática de chicas. ¿No te encanta?

—¡No! —la corregí en broma.

McKenzie sabía que no lo decía en serio. En realidad, me gustaba tener a alguien con quien hablar.

—¿Qué hago? —La voz se me quebró un poco al pensar en lo que le estaba preguntando.

—¡Vaya! Pero, entonces estás pensando en serio en... —se inclinó hacia mí y susurró—, tener ese, e, equis, o con Connor, como diría mamá.

Me reí y le deletreé mi respuesta: «No lo sé».

—Es la peor idea del mundo, ¿verdad? Quizá se vaya pronto, yo me iré en un par de meses y necesitamos pasar tiempo separados. Es el peor momento para hacer algo así, ¿verdad?

—Quizá sea el momento ideal —repuso McKenzie—. Piénsalo. Podría ser una despedida que ninguno olvidará jamás.

Agaché la cabeza al pensarlo.

—¿Y si es más complicado despedirse después de hacerlo?

—¿Y si es más fácil? Podría convertirse en algo especial y precioso, algo que ambos podrían recordar y guardar hasta que se vuelvan a encontrar dentro de un año y por fin estén juntos.

Me animé al oír eso.

—¿Crees que eso va a pasar? —No obstante, tardé poco en negar con la cabeza—. No, seguro que encuentra a otra.

—Jamás encontrará a nadie que pueda reemplazarte. Créeme.

Lo dijo con tanta convicción que casi la creí.

—¿Qué debo hacer? —Necesitaba que me aconsejara, ella tenía más experiencia que yo en esos temas—. ¿Qué se siente?

Volví a sonrojarme al formular la pregunta.

—No lo sé —contestó McKenzie.

Me quedé pasmada.

—¿Qué? ¿Nunca has...? Yo pensaba que...

—No. Mucha gente cree lo mismo. A veces, resulta más fácil ser lo que los demás creen que eres. Así es menos complicado. Pero no, no lo he hecho nunca.

Miré a mi gemela. Cada día me sorprendía más. Era como ir quitándole capas a una cebolla. Me pregunté cuántas cosas más me quedaban por saber de ella.

—No puedo aconsejarte sobre ese tema, Sadie. Pero lo que sí puedo hacer es ayudarte a estar un poco mejor si decides... hacerlo. —Me subió el pantalón y chasqueó la lengua—. Tal y como pensaba. Tus piernas no han visto un rastrillo desde que tus cejas vieron unas pinzas por última vez.

Le alejé la mano con un golpecito y ambas nos reímos. Me gustaba tener a alguien con quien hablar de mi dilema, pero McKenzie tenía razón. Era mi decisión, pero seguía sin tenerlo claro y estaba lejos de saber qué hacer. Esta era una de esas cosas que se recuerdan para toda la vida. Y podía salir muy mal...

—¡No quedes embarazada! Soy muy joven para ser tía, ¿estamos? —me soltó de repente—. Es decir, seguro que el bebé sería lindísimo, pero no estoy preparada para ser la tía McKenzie todavía.

41
Connor

Me desperté a la mañana siguiente y, durante unos breves y maravillosos segundos, tuve la mente en blanco. Pero los recuerdos de la noche anterior la llenaron enseguida.

Algunos buenos. Muy buenos. Otros sorprendentemente malos. Sadie quería estar un tiempo separada de mí. Paseé por la habitación un poco sin saber qué hacer conmigo. Me sentía como uno de esos juguetes en tensión que necesitan liberar energía. Me detuve, vi la funda de la raqueta de tenis en un rincón y algo dentro de mí me impulsó a ir por ella y tomarla. Me la colgué del hombro, salí de casa y empecé a correr por la calle.

Cuando llegué a las pistas, vi que estaban cerradas, así que hice lo que normalmente hacía en esos casos: saltar la reja. Por suerte no iba a meterme en ningún problema porque todos me conocían en el club. Saqué la raqueta de la funda y noté que la empuñadura encajaba con mi mano a la perfección. Lancé la raqueta al aire, vi cómo giraba y la volví a atrapar por la empuñadura sin problemas, como siempre hacía. Saqué de la bolsa un tubo de pelotas nuevas y abrí la tapa. El aire de dentro salió haciendo un ruidito y percibí aquel olor de inmediato. Me encantaba cómo olían las pelotas de tenis nuevas. Amarillas, brillantes y peluditas, listas para usar.

Me acerqué al muro y golpeé la pelota contra él. Rebotó, regresó hacia mí y la golpeé de nuevo. Estuve así un rato, dándole a la pelota para que rebotara contra la pared y volviera. El movimiento del brazo en el aire, el sonido de la pelota contra el muro, el rebote y, luego, la sensación y el sonido al golpearla con la raqueta. Todo aquello tenía un efecto relajante y casi hipnótico. Durante la hora que estuve golpeando la pelota contra el muro no pensé en nada más. Olvidé todos mis problemas y me centré única y exclusivamente en mí, el muro y la pelota.

Al terminar, me sequé el sudor de la frente y observé la raqueta que sujetaba con las manos. Lo había hecho por mí, no por mi padre. Quizá por primera vez en mi vida, había agarrado la raqueta y golpeado la pelota solo por mí. Sonreí. Sabía qué hacer. Sabía qué quería hacer.

Saqué el celular de la bolsa y escribí un mensaje tan rápido como pude por si cambiaba de parecer.

Connor
Me apunto. ¿Qué debo hacer?

Se lo envié al cazatalentos, y él me contestó al instante.

Cazatalentos
¡Genial! Como tenemos varios candidatos, pensábamos organizar un torneo en el que el campeón y el subcampeón recibieran una beca. Sin embargo, te he visto jugar, Connor, y sé que lo ganarías. Así que, si quieres, podemos ofrecerte un lugar de inmediato.

¡De inmediato! Aquellas palabras me llamaron a gritos desde la pantalla. Pensaba que iría al año siguiente, no este. Pero...

Sadie quería un descanso. Lo necesitaba. Si la amaba, debía darle el espacio que me pedía, y no podía dárselo si vivía en la casa de al lado, con vistas a la ventana de su habitación. Me temblaban los dedos mientras respondía.

Connor
Deje que lo hable hoy con mis padres y le digo algo.

Reuní a mis padres aquella misma tarde. Todos nos sentamos en la sala de estar, incómodos y sin mediar palabra hasta que yo rompí el silencio.

—Decidí aceptar la beca de tenis —solté.

—Espera, ¿estás seguro de que eso es lo que quieres? —habló mi padre—. No quiero que hagas algo que no...

—Quiero hacerlo —lo interrumpí—. De verdad.

Mi padre me sonrió y, por primera vez desde el bombazo del divorcio, pude devolverle la sonrisa.

—Es una noticia genial —dijo mi madre, también sonriendo. Tampoco la había visto sonreír a ella desde aquel día.

—Hablando de noticias, tu madre y yo también queríamos darte una —comentó mi padre mientras miraba a mi madre.

—¿Cuál?

Me incliné sobre la silla.

—Tras nuestra última plática, dijiste algunas cosas que me afectaron y me hicieron recapacitar.

—¿Ah, sí?

—Estuve hablando con tu madre y los dos hemos decidido ir a terapia para intentar arreglar las cosas. Cuando dijiste que no era la clase de persona que se rinde con facilidad, tenías razón. Así que no voy a hacerlo. Rechacé la oferta de trabajo y voy a volver a casa. Tu madre y yo vamos a tomarnos un tiempo para centrarnos de verdad en nuestra relación y ver si podemos hacer que funcione.

—¿De veras?

Mi madre asintió y se inclinó sobre su silla.

—Pero no es ninguna promesa, Connor. Tu padre quiere intentarlo, y yo también, así que vamos a ver qué pasa.

Asentí con la cabeza, tratando de no dejarme llevar por la esperanza. Entonces me vino un pensamiento repentino.

—El cazatalentos dice que puedo empezar de inmediato si quiero.

—¿De inmediato? Caray, eso es muy drástico y precipitado —comentó mi madre.

—O perfecto —sugerí yo.

—¿Qué quieres decir?

—Pues que, si no estoy aquí, ustedes tendrán la oportunidad de centrarse en su relación. Podrán conocerse de nuevo, conocer a esas personas de las que se enamoraron hace tantos años antes de que yo apareciera.

Les dediqué una sonrisa. Si me iba en ese momento, tendrían más probabilidades de conseguirlo, así que estaba dispuesto a hacerlo. Ya sabía que irme cuanto antes sería lo mejor para Sadie y para mí. Todo empezó a cobrar sentido. Por primera vez en varias semanas, las cosas parecían tener sentido.

—Ve solo si es lo que quieres —insistió mi padre.

Lo miré un buen rato y analicé lo que sentía una última vez, pero llegué a la misma conclusión a la que había llegado un rato antes.

—Sí, quiero ir. Ya —afirmé, sintiéndome completamente seguro de mí mismo.

42
Connor

No hablé con Sadie durante el resto del día, pero le mandé un mensaje a la mañana siguiente. Tenía que decirle que iba a irme pronto. Mis padres y yo ya lo habíamos organizado todo, y me iría en menos de una semana.

Connor
Buenos días.

Sadie
Buenos días.

Connor
¿Qué tal?

Me dio un poco de escalofríos leer la conversación; sonaba demasiado formal. No parecíamos Sadie y yo. No sonábamos como siempre.

Sadie

Bien. ¿Y tú?

Connor

También. Tengo que contarte una
cosa.

Sadie

¿Qué?

Connor

Decidí aceptar la beca.
Me iré pronto.

Sadie

¿Pronto?

Connor

Sí, pensé que es lo mejor. Así
ambos tendremos algo de espacio.
Como tú querías.

Sadie

Oye, pero no lo hagas por mí.

Connor

No, no lo hago por ti. Quiero
hacerlo.

Sadie

¿Cuándo te vas?

Connor
El jueves.

Sadie
¡Espera! Eso es dentro de cuatro
días. ¿Lo dices en serio? ¿Vas a
irte ahora?

Detecté un movimiento rápido con el rabillo del ojo. Miré por la ventana al mismo tiempo que Sadie abría la cortina con ímpetu. Se quedó allí de pie, observándome. No le podía ver la cara bien, así que no sabía cómo se sentía. Bajó la vista a sus manos y empezó a escribir de nuevo.

Sadie
¿Tan pronto?

Sentía como si me estuvieran arrancando el corazón del pecho.

Connor
Sí, tan pronto.

Sadie volvió a mirarme. A pesar de estar a cierta distancia, los sentimientos fluían por el jardín de forma eléctrica. Se extendían por el espacio que nos separaba y lo llenaban. Era como cuando nos habíamos besado hacía un par de noches, pero más extremo. Y ni siquiera nos

335

estábamos tocando. Tomé aire y traté de tranquilizarme.

Sadie
Bien.

Connor
Bien, ¿qué?

Sadie
Bien, puedes venir esta noche.

Se me cayó el celular, que se estampó contra el suelo con un ruido sordo. Seguíamos mirándonos y percibí que las emociones entre nosotros eran tan intensas que ni el mundo entero podía contenerlas. Me agaché rápidamente y recogí el teléfono.

Connor
¿Estás segura?

Sadie
Nunca he estado tan segura
de nada. Ven a medianoche.

43
Sadie y Connor

Eran las 23:55. El corazón me latía desbocado. Se me aceleró la respiración y tenía un nudo en la garganta. Me sudaban las palmas de las manos y temí haber usado demasiada loción. Llevaba una hora dando vueltas por la habitación. De vez en cuando, botaba una pelota de tenis contra la pared sin saber qué hacer hasta las doce.

Me había depilado las piernas. Me había bañado y cepillado los dientes dos veces. No tenía ni idea de que el corazón pudiera acelerarse tanto. Llevaba una hora entera sentada en la cama sin hacer nada de nada. El reloj que tenía en el buró hizo un ruidito que me hizo dar un salto cuando el segundero avanzó y de pronto las manecillas marcaron las doce en punto. Había llegado la hora...

Había llegado la hora. Bajé por la ventana y empecé a caminar por el jardín en dirección a la

337

casa de Sadie. Lo había hecho un sinfín de veces. Cientos y cientos de veces durante los últimos diez años, pero en aquella ocasión parecía diferente. Era como si fuera la primera vez que recorría esa distancia hasta su casa, y me moría de ganas de verla...

Lo vi. Se acercaba a grandes zancadas por el jardín. Lo había visto cruzarlo un montón de veces, pero aquella noche parecía que lo estuviera viendo por primera vez. Lo veía diferente, mejor de lo que nunca lo había visto. Levantó la cabeza y...

Nuestras miradas se encontraron. Me sentí transportado a otro lugar en el espacio y el tiempo donde solo existíamos Sadie y yo...

Había existido en una fantasía con Connor durante muchos años, pero aquella noche, esa fantasía se estaba haciendo realidad, y estaba emocionada y aterrada en partes iguales. Me estremecí cuando abrí la ventana para dejarlo pasar...

Atravesé la ventana y entré en su habitación. Ella permanecía de pie a pocos metros. Nos miramos el uno al otro.

Me quedé helada. El cerebro me iba a mil por hora mientras lo miraba, pero el cuerpo no parecía responderme...

Me acerqué a ella...

Dio un paso adelante y el corazón me dio un vuelco. Solté un grito ahogado...

Me dejó sin aliento, y quise besarla desesperadamente. Quería besarla y no parar nunca...

Deseé que ese momento durara para siempre. Era perfecto y mejor que cualquier otra cosa que hubiera podido imaginar. La forma en la que me miraba... Era una sensación en la que podía perderme con suma facilidad...

En aquel momento, me di cuenta de lo perdido que había estado sin ella. Era mi pilar y, cuando estaba con ella, todo parecía mejor. Esa noche quería asegurarme de que lo comprendiera. Quería que Sadie supiera lo mucho que la quería...

—Hola, Sadie. —Sonreí, y en su rostro floreció una enorme sonrisa.
—Hola, Connor.
—¿Puedo besarte ya?

No sé muy bien por qué le pregunté eso, ya que la expresión de su cara me decía que sí. Pero quería asegurarme de que todo lo que pasara esa noche fuera lo que ella deseaba. Aquello era para ella y era tan alucinante...

Todo en él me maravillaba. Se acercó más, me rodeó la cintura con un brazo y me estrechó contra él...

La acerqué hacia mí, tanto como pude, y...

Me besó.

Ella me devolvió el beso, y fue perfecto...

McKenzie tenía razón: ese era el momento ideal para que ocurriera. Porque todo parecía estar bien, y aquella era la mejor forma de despedirnos.

44
Connor

Me desperté enredado en los brazos de Sadie. Seguíamos desnudos y habíamos dormido así toda la noche. Su piel, pegada a la mía, estaba cálida, suave y un poco sudada. Nos habíamos abrazado tan fuerte y durante tanto tiempo que parecía que nuestras pieles estuvieran pegadas. Ella continuaba durmiendo, y yo me detuve a estudiarla un momento.

Levanté un poco la sábana, sintiéndome como un completo pervertido, para mirarla de nuevo, por si no tenía la oportunidad de volver a verla así.

El día anterior había creído que la amaba, pero no se podía comparar a lo que sentía en aquel momento. No era nada en comparación con cómo me había sentido al estar dentro de ella. Con el instante en el que la había mirado a los ojos, había sostenido su rostro entre mis manos y había decidido que aquel era el único lugar donde debía estar.

Cuando terminamos, se durmió sobre mi pecho. Aquella fue la mejor sensación del mundo. Me quedé allí acostado, incapaz de dormirme y me puse a observar las paredes de su habitación mientras aspiraba el aroma de su cabello una y otra vez. En ese momento me di cuenta de que debía irme. Tenía que marcharme. Las paredes seguían repletas de imágenes de lugares lejanos y de las aventuras que ella quería tener, que iba a tener.

Había pasado los diez últimos años amándome y, de alguna forma, había pausado su vida por mí. Sabía que debía dejarla ir. Sadie necesitaba liberarse de mí para poder cumplir su destino. Sonreí un poco al imaginármela haciendo senderismo o repeliendo a animales salvajes con un palo, pero me cayó una lágrima al pensar en lo lejos que estaría.

Salí de la cama y recogí mi ropa del suelo. Me vestí rápido al oír un sonido que provenía de alguna parte de la casa. Solo faltaba que el señor Glover me encontrara de esa manera. Me arrodillé junto a la cama y la observé, maravillado por su rostro. Dormía tan profundamente que no quise despertarla. Si lo hacía, me costaría más irme. Temía que, si la miraba a los ojos y oía su voz de nuevo, la epifanía que había tenido la noche anterior se esfumaría.

Me incliné y le di un beso suave en los labios. La besé en la frente y, luego, tomé su mano y me pegué el dorso a la mejilla.

—Te quiero —le susurré.

Después, me levanté, salí por la ventana y me dirigí hacia mi nueva vida.

45
Sadie

Estaba despierta cuando me besó y me dijo que me quería, pero tuve miedo de que, si abría los ojos y lo miraba, pudiera acabar suplicándole que se quedara, cancelando todo el viaje y decidiendo que ninguno de los dos saliéramos de la cama jamás.

Así que fingí estar dormida y dejé que se levantara, saliera por la ventana y también de mi vida. Bueno, de la vida que conocíamos. A finales de semana, Connor estaría viviendo en otro estado, yendo a otra escuela y comenzando una vida totalmente nueva sin mí. Yo seguiría asistiendo a la misma escuela, pero sin él. Tendría que despertarme cada mañana sabiendo que él no estaba al otro lado del jardín. No podría trepar por su ventana siempre que quisiera y hablar con él cuando me aburriera...

Y luego, en cuestión de meses, estaríamos separados por cientos de kilómetros, océanos y montañas.

Me di la vuelta en mi lado y noté como unas lágrimas húmedas y cálidas descendían por los lados de la cara y aterrizaban en la almohada. ¿Estaba haciendo lo correcto al dejarlo irse? Todo parecía estar mal. Cada fibra diminuta y microscópica de mi cuerpo me gritaba que aquello estaba MAL. El corazón se me rompía en mil pedazos y el dolor era insoportable. Volví a girarme y olí la almohada en la que había dormido Connor. Aún estaba tibia y conservaba su olor. La agarré y me la acerqué más todavía.

Cuando oyes la expresión «hacer el amor» te parece cursi y piensas que solo pasa en las series de la tele y en las novelas románticas. Pero no es verdad. Eso es lo que hicimos Connor y yo aquella noche. Había sido muy dulce, y cada caricia, beso y movimiento desbordaba puro amor. Hundí la cara en la almohada y la mordí. Era lo único que podía hacer para evitar ponerme a gritar de dolor.

Había perdido al amor de mi vida y nadie podía animarme...

Abrí los ojos, salí de la cama y tomé la bata. Abrí la puerta de la habitación sin hacer ruido y crucé el pasillo. Abrí la puerta del cuarto de McKenzie y me metí. Ya se había levantado y, en cuanto crucé el umbral, me ofreció sus brazos. Me dejé caer en ellos y mi hermana me abrazó con fuerza mientras yo lloraba sobre su hombro en silencio. Connor se había ido, pero al menos había recuperado algo muy valioso de mi vida.

Paré de llorar y posé la cabeza sobre su hombro. Ella comenzó a frotarme la espalda de una manera familiar y tranquilizadora. Entonces recordé la última vez que había hecho eso. Teníamos seis años y me había caído de un árbol. Mi madre me llevó corriendo a Urgencias y me pusieron diez puntos en la rodilla.

McKenzie se había sentado detrás de mí en la consulta del médico y había estado todo el rato frotándome la espalda mientras me cosían. Luego, solo tardé diez minutos en sentirme mejor. Me pregunté cuánto tiempo tendría que frotarme la espalda ahora hasta que mi corazón se recompusiera.

—Sadie... —susurró en mi oído—. Si tiene que ser, será.

46
Sadie

Cinco meses después

Estaba de pie en el aeropuerto, con todas las maletas preparadas. Mi madre, mi padre y mi hermana habían venido a despedirme. El momento había llegado. Estaba a punto de irme a dar la vuelta al mundo sola.

Esos últimos meses todo había sido muy distinto. Connor se había ido y, por primera vez en una década, no lo tenía a mi lado. Al principio nos habíamos mandado mensajes de forma continua, pero, tras un par de meses, la cantidad de mensajes había ido menguando.

No obstante, había aprendido que podía vivir sin él. Podía ser yo sin necesidad de tener a Connor Matthews al lado. Y me gustaba cómo era yo, al igual que me gustaba cómo éramos McKenzie y yo juntas. Habíamos estado tan unidas durante los últimos seis meses que ahora me aterraba pasar un año entero sin ella, por si las cosas volvían a ser como antes. Pero ella me había asegurado que eso no iba a suceder, y los tatuajes a juego que nos habíamos hecho, además de provocarle un desmayo a mi madre, significaban que ella estaría siempre conmigo, sin importar en qué parte del mundo estuviera yo.

Le había mandado un mensaje a Connor una semana antes para decirle que me iba, pero no me había contestado. Una parte de mí se preguntaba si aún sentía lo mismo por mí o si, al igual que yo, había aprendido a vivir sin mí y descubierto que la vida separados no era tan horrible como creíamos. Quizá lo había superado.

¿Lo había superado yo? ¿Seguía tan enamorada de Connor Matthews? Para ser sincera, todo aquel tiempo separados me había obligado a preguntármelo. Lo quería, pero llevaba tanto tiempo sin verlo ni hablar con él que ni siquiera estaba segura de qué había entre nosotros.

—Bien. —Me giré hacia mi hermana y la miré.

—¡Ni se te ocurra llorar, zorra! —Me señaló con un dedo.

—¡Esa boca! —dijo mi madre, y ambas sonreímos.

—No llores, por favor —repitió McKenzie.

Negué con la cabeza y me mordí el labio. Para ser sincera, estaba a punto de ponerme a llorar. Llevaba mucho tiempo queriendo hacer esto, pero estaba aterrada. Iba a viajar... ¡sola!

—No tengas miedo —dijo McKenzie leyéndome la mente—. Si hay alguien que puede viajar sola, eres tú.

—Pero no hables con desconocidos —añadió mi madre—. Y menos si son franceses.

—¿Cómo? —La miré. Ya empezaba con los clichés.

—Los franceses pueden ser demasiado... eh... amigables. Hazme caso.

Observé a mi madre con cara incierta durante un par de segundos y, de repente, se sonrojó. Vaya, ¿qué francés había sido demasiado amable con ella cuando era joven? Pude ver que mi padre la miraba de reojo mientras se preguntaba lo mismo.

—Bueno, no lo alarguemos más —concluyó McKenzie, que sabía que yo no quería una despedida superemotiva en el aeropuerto. Eso solo me complicaría más las cosas.

—Te extrañaré. —Mi madre me envolvió con los brazos y me abrazó. Se me hacía raro oírla decir que iba a extrañarme, pero me gustó.

Miré a mi padre, que se esforzaba por mantener a raya las lágrimas.

—No llores, papá. —Me acerqué a él y lo abracé.

—Bien, bien —dijo.

Pude notar que intentaba no derramar ninguna lágrima.

—Pero llámanos si lo necesitas —me advirtió—. Y llámanos tres veces por semana como mínimo para que sepamos que estás bien.

—Te lo prometo —dije mientras me envolvía con el brazo.

—Usa la tarjeta de crédito que te di cuando lo necesites. No quiero que mi hija duerma en un albergue cochambroso lleno de mochileros harapientos —añadió.

—Papá, ya lo tengo todo reservado. Dormiré donde me toque dormir.

—Pues úsala para comprar comida. O ropa o lo que sea. Tienes permiso para usarla tanto como lo necesites.

—¡Oye! —oí que saltaba McKenzie—. Eso no nos lo dices a mamá ni a mí. —Se rio.

—Quizá sea porque tu madre y tú no se van a caminar por la selva.

—Papá, cómo se nota que no has ido al centro comercial últimamente —respondió.

Todos nos echamos a reír en familia. En los últimos meses, nos habíamos reído mucho.

Me liberé del abrazo de mi padre y los miré a los tres.

—Ahora en serio, Sadie. Si en algún momento quieres volver a casa, solo tienes que llamarnos. Te reservaré un lugar en el siguiente vuelo y ya está —dijo mi padre.

Vi que lo decía en serio, así que le prometí que lo haría.

—Bien, ya estoy preparada —afirmé mientras asentía con la cabeza. Creo que fue más para mentalizarme que para convencerlos a ellos.

Todos asintieron también y, después, como si hubiera estado calculado a la perfección, nos abrazamos los cuatro.

—No te pierdas —me susurró mi madre al oído—. Y llámanos.

—Lo haré.

Nos soltamos y nos quedamos mirándonos. Todos estábamos a punto de llorar.

—Bueno, ya está bien —me apresuré a decir. La cosa se estaba complicando demasiado y, si me quedaba un segundo más, iba a rajarme—. Suficiente, váyanse ya. —Me despedí con la mano y me giré.

—¡Te quiero! —me gritó McKenzie.

Me volteé y le sonreí.

—¡Yo te quiero más! —grité desde el otro lado del aeropuerto, y agité la mano por última vez antes de seguir mi camino.

Caminé hasta la zona de vuelos internacionales y, después, me permití girarme para volver a mirarlos por última vez mientras se alejaban agarrados del brazo.

—¡Carajo! —exclamé en voz alta.

El momento había llegado. Saqué el boleto de avión y, hecha un manojo de nervios, me formé en la fila. Era lenta y, cuanto menos avanzaba, más rápido me latía el corazón por los nervios. Entonces, por encima de todo el barullo del aeropuerto, lo oí.

Él.

—¡Sadie!

Era Connor, pero no lo veía. Aun así, podía oírlo.

—¿Sadie? —me volvió a llamar.

La gente empezó a girarse y a mirar.

—¡Estoy aquí! —grité tan alto como pude al tiempo que salía de la fila.

—¿Dónde? —me contestó su voz.

—¡Aquí! —vociferé con todo el aire de mis pulmones.

Ahora todo el mundo miraba. Corrí siguiendo el sonido de su voz. ¿De dónde provenía?

—Sadie. —Su voz sonaba cerca.

Y, entonces, nos encontramos.

—Dios mío, viniste —dije al mismo tiempo que esbozaba una gran sonrisa y lo contemplaba.

Vaya, estaba muy distinto. Muy guapo. Tan guapo... Se había bronceado y tenía más músculos que hacía seis meses. Me sonrojé y todos aquellos sentimientos que tanto conocía pero que habían estado aletargados durante los últimos meses volvieron a invadirme. Y con ganas.

—Sadie. —Me sonrió. Vi que él también tenía las mejillas sonrojadas.

—Connor —repetí como una idiota.

—Sadie. —Sonreía tanto que apenas podía pronunciar mi nombre.

—Estás aquí —señalé lo evidente.

—Pues sí —dijo.

Entonces, hizo algo muy raro y que me dejó impactada. Empezó a arrodillarse.

Solté un grito ahogado.

—¿Qué rayos estás haciendo? —Lo miré y, tras ver lo que hacía, eché un vistazo a mi alrededor. La gente nos observaba—. Levántate, anda. —Me entró el pánico—. No puedes pedirme que me case contigo. No vamos a casarnos. ¿Qué haces? Levántate, hombre.

Connor se echó a reír.

—No voy a pedirte que te cases conmigo. Vine a pedirte otra cosa.

—¿Qué?

Lo miré mientras se sacaba algo del bolsillo. Volví a soltar un grito ahogado. Era la cajita de un anillo.

—¡Connor! ¿Qué se supone que estás haciendo?

—Tómala —contestó dándome la cajita.

La tomé con manos temblorosas. Pero, cuando la abrí, no había un anillo en su interior. En vez de eso, había una brújula antigua con una marca en el cristal.

—¿Y esto? —le pregunté mientras la sacaba.

—Es para que encuentres el camino de vuelta a mí dentro de trescientos sesenta y cinco días.

Me quedé sin respiración mientras se levantaba y me colocaba las manos sobre los hombros.

—Eres tú —afirmó—. Siempre has sido y serás tú, y te voy a esperar.

—¿De verdad? —pregunté.

Asintió.

—Esperaré el tiempo que haga falta para que vuelvas conmigo. Cuando estés preparada.

Sonrió y yo me derretí. Antes me había preguntado si aún sentía lo mismo por él, ¿no?

¡Pues sí! Claro que sí. Seguía tan enamorada de Connor como seis meses atrás. Pero era un amor distinto. Ahora no lo necesitaba. No me moría por él a cada instante del día. Simplemente lo quería.

—Creo que, en el amor, puede haber segundas oportunidades, Sadie. Mira mis padres. Y creo que nosotros nos merecemos una segunda oportunidad —explicó—. No tienes por qué contestarme ahora. Solo quiero que sepas que te sigo queriendo y que, cuando vuelvas, estaré aquí.

—Yo también te quiero —respondí.

Luego, me acerqué a su cara y la atraje hacia mí. Nos besamos. Fue un beso suave y cálido. Había extrañado sus labios, aunque no los hubiera besado mucho. Pero fue el beso perfecto. Connor Matthews me quería, y yo a él. Y era amor verdadero. Terminamos de besarnos y nos quedamos mirándonos a los ojos. Sentía como me perdía en ellos.

—Vas a perder el avión —me dijo mientras me acariciaba la mejilla. Después, me colocó un mechón de cabello detrás de la oreja, y esta vez se quedó en su sitio—. Tienes el cabello más largo. Me gusta. —Me acarició el cabello y sus dedos fueron a parar a mi nuca.

—Más músculos. Me gustan. —Le coloqué una mano en el pecho y los músculos se le tensaron de inmediato bajo mis dedos.

Connor había cambiado mucho en los últimos cinco meses. Ahora parecía más un hombre y menos el chico de la casa de al lado.

—Tienes que irte. —Me soltó y dio un paso atrás—. Debes explorar el mundo, y yo centrarme en ganar partidos de tenis. Y luego...

—Luego, ¿qué? —pregunté, hipnotizada por la perspectiva de tenerlo frente a mí de esa manera.

—Luego podrás sacar esa brújula y volver derechita a mi lado. Y podremos continuar desde donde lo dejamos.

Se le oscurecieron los ojos y, esta vez, esbozó lentamente una sonrisa muy sexy que... Dios...

Contemplé la brújula que tenía en la mano y la envolví con los dedos. Pensaba guardarla como oro molido. Volví a mirar a Connor.

—Entonces, ¿esto no es un adiós? —insistí.

Negó con la cabeza.

—No. Es un «hasta luego».

Sonreí de nuevo.

—Bien. Pues hasta luego, Connor.

—Te esperaré. Estaré justo aquí cuando bajes del avión.

Señaló el suelo y, por algún motivo, yo bajé la vista. Había una grieta con una forma extraña, casi parecía una equis.

—Acepto el trato —respondí mirándolo.

—¿Lo cerramos con un apretón de manos? —sugirió.

Le tendí la mano y Connor la agarró de inmediato. Ambos nos quedamos mirando las manos entrelazadas. Encajaban a la perfección, y supe que no sería la última vez que lo tomaría de la mano de esa manera. Podía sentirlo de una forma tan clara como oía el último aviso de abordaje para mi vuelo.

Lo atraje hacia mí y lo besé por última vez. Cerré los ojos y me dejé arrastrar hacia la oscuridad, como en nuestro primer beso. Pero, al contrario que en esa otra ocasión, supe que este no sería el último beso. Teníamos toda una vida por delante para seguir besándonos. Pero este no era el momento. Debíamos esperar. Yo aún tenía cosas que hacer, igual que él.

Me quité y, luego, me di la vuelta y me eché a correr. Me daba miedo acabar perdiendo el vuelo si me quedaba un poco más, y no quería.

—¡Te quiero! —oí que me gritaba mientras llegaba a la puerta justo a tiempo para entregar el pase de abordar—. ¡Te estaré esperando!

Aquello fue lo último que oí mientras desaparecía por la puerta y me dirigía hacia mi avión.